JN441499

소녀 저격수

한정영 장편소설

미래인

차례

프롤로그: 탈주자

산길로 들어서자 눈보라가 거세어졌다. 가지만 남은 나무들의 형체조차 점차 흐릿해졌다. 길도 험해져서 트럭은 더욱 더 덜컹거렸고 그 바람에 짐칸에 탄 일곱 명의 아이들은 서로 몸을 부딪쳤다. 그래도 누구 하나 불평하거나 얼굴을 찡그리지 않았다. 짙은 쑥색 모포 한 장씩을 뒤집어쓴 채 눈만 빼꼼히 내놓고 있었다.

모두 무표정한 채 추위에 떨고 있었지만, 이상하리만치 그 눈빛만은 매섭고 날카로웠다. 그 틈에서 소녀는 어느새 발등 위에 쌓인 눈을 떨어내고 발에 채워져 있는 족쇄를 내려다보았다.

733-W1125.

쌓인 눈에 가려졌던 녹슨 숫자가 드러났다. 그러자마자 머릿속에서, 불과 삼십여 분 전에 벌어진 일이 되살아났다.

"이봐! 1125호, 무슨 짓을 한 거야? 값싼 동정심 때문에 일을 그르칠 셈이야? 잊지 마. 제 몸 하나 챙기지 못하는 형편없는 녀석의 목숨보다 네 임무가 중요하다는 것을 말이다."

나비 단장은 소녀를 크게 꾸짖으며 뺨을 있는 힘껏 후려갈겼다.

소녀가 한 일이라고는, 산비탈에서 굴러 한쪽 다리가 부러진 M0902를 응급 처치하고, 부축해서 데리고 온 것뿐이었다. 결국 나비 단장은 M0902를 버리더라도 시간 내에 목표 지점에 도착했어야 한다는 말이었다.

하지만 소녀는 M0902만큼은 버려둘 수가 없었다. 목적지가 삼십 리쯤 남았을 때, 훈련에 참가한 스무 명의 단원 중 여덟 명이 이미 낙오되어 산속에 버려졌기 때문이다. 게다가 M0902는 돌격대원 중에서 가장 어린 소년이었다. 유독 코가 오뚝하고, 소녀처럼 푸른빛이 도는 눈동자를 한 귀여운 아이였다.

사흘 전, 이른 아침 스무 명의 아이가 이름도 알 수 없는 산속에 버려졌다. 해발 1,500미터가 넘었고, 길도 제대로 나 있지 않았다. 나비 단장은 목적지가 표시된 지도 한 장과 주먹밥 세 개, 그리고 손바닥 두 개 길이의 칼 한 자루를 각각의 아이에게 내주었다. 그것이 전부였다.

"이 산을 넘어, 사흘 후 정오까지 반대편 용머리 계곡 입구에서 기다려라. 정해진 시간과 관계없이 가장 늦게 도착하는 다섯 명도 징벌방에 열흘 동안 가둘 것이다."

나비 단장의 말이 끝나기 무섭게 아이들은 무작정 앞다투어 산속으로 들어갔다. 햇볕이 조금도 들지 않고, 바닥에는 온갖 오물과 벌레들이 들끓는 징벌방을 두려워한 탓이었다. 그곳에서 홀로 죽어 간 아이가 한둘이 아니라는 것쯤은 소녀도 잘 알고 있었다. 그래서 아이들은 저마다 앞만 보고 내달렸다.

산과 숲에는 예상치 못한 적이 너무나 많았다. 어떤 아이는 굶주린 늑대에게 물어뜯겼고, 또 어떤 아이는 벼랑에서 굴러떨어졌다. 추위 때문에 얼어 죽기도 했다. 소녀 자신도 어떻게 살아서 그 높은 산을 넘었는지, 돌이켜 봐도 믿기지 않았다. 삵인지 늑대인지 알 수 없는 짐승과 싸우고, 길을 잃고 같은 곳을 뱅글뱅글 돌았으며, 수십 번 산비탈에서 구르고, 배가 고파서 얼어붙은 계곡물을 깨고 동면에 든 개구리를 잡아먹기도 했다…….

결국 열두 명만이 살아서 목적지에 도착했다. M0902를 구하지 않았다면, 한 명이 더 희생됐을 것이다.

부아아아아!

문득 자동차가 멈추는 듯하더니 바퀴가 헛도는 소리가 났다. 소녀는 생각에서 얼른 빠져나왔다. 힐끗 돌아보니, 눈길에 빠진 트럭이 앞으로 나아가지 못하고 있었다. 그런가 싶었는데, 앞서 가던 트럭이 뒤로 밀리면서 소녀가 타고 있던 트럭을 들이받았다. 결국 두 대의 트럭은 뒤엉킨 채 멈추었다.

문득 나비 단장의 목소리가 들렸다.

"오잇! 모두 내려서 트럭을 밀어라!"

그 말에 아이들이 재빨리 일어났다. 그리고 트럭에서 뛰어내려 앞쪽에 있는 트럭 뒤편으로 갔다. 움직이는 동안 양발에 채운 쇠사슬이 철렁거렸다. 소녀는 막 일어서려는 M0902를 다시 앉히고 얼른 차에서 뛰어내렸다.

바로 그때였다.

탕! 타탕!

어디선가 총소리가 요란하게 들렸다. 동시에 앞쪽 트럭에서 내린 아이 두엇이 한꺼번에 쓰러졌다. 소녀는 몸을 낮추고 사방을 돌아보았다. 트럭이 내달려 왔던 길 쪽에서 한 무리의 사람들이 말을 타고 달려오고 있었다. 마적단이 틀림없었다.

"차 뒤로 숨어!"

누군가가 외쳤다. 동시에 트럭 두 대에 나누어 타고 있던 일본군도 뛰어내려 마적단을 향해 총을 쏘아 댔다. 그러는 중에도 아이들 둘이 더 쓰러졌다. 일본군 병사 한 명도 앞으로 고꾸라졌다. 얼핏 보니, 마적단은 못해도 스무 명은 되는 듯했다. 소녀는 자동차 뒤에 숨어서 어찌 할 바를 몰랐다. 일본군을 없애려는 것인지, 아이들을 노리는 것인지조차 알 수 없었다. 하긴 마적단은 그 어느 쪽의 편도 아니라고 했다. 돈이 되면 무엇이든 하는 자들이라는 소리를 들었다.

"일단 산으로 피해!"

나비 단장의 목소리였다. 그 말과 함께 아이들은 산속으로 흩어졌다. 일본군 병사들도 함께 앞서거니 뒤서거니 하며 숲으로 몸을 숨겼다. 소녀는 M0902를 부축해 그들을 따라갔다. 몇몇은 숲으로 들어가기도 전에 속수무책 쓰러졌다. 짐승의 털가죽을 입고 검은 수건으로 입을 가린 채, 놈들은 사냥하듯 병사와 아이들을 도륙하고 있었다.

"나 두고 가! 이러다가 너도 죽어!"

M0902가 소녀를 밀쳐 냈다. 하지만 소녀는 아이를 꼭 붙잡고 있는 힘을 다해 끌어당겼다. 다리에 부목을 댄 아이는 질질 끌려오다시피 했다.

그때 앞서 숲으로 달아나던 병사 하나가 총을 맞고 쓰러졌다. 소녀는 병사를 지나쳐 더 깊은 숲으로 나아갔다. 이미 발목까지 쌓인 눈 때문에 비탈진 산길은 아주 미끄러웠다. 게다가 발목에는 족쇄까지 차고 있어서 언덕을 오르다 넘어지고 구르기를 반복했다.

소녀는 일단 바위 뒤에 몸을 숨겼다. 그리고 두어 번 숨을 크게 몰아쉬고 돌아보니 말을 탄 마적 서넛이 바짝 다가와 있었다. 그들은 눈에 보이는 대로 방아쇠를 당겼다. 소녀가 숨어 있는 바위 옆에서도 총탄이 튀었다. 이쪽저쪽에서 비명과 총소리, 마적단이 내지르는 기괴한 외침 소리가 흰 눈으로 뒤덮인 숲에 뒤엉켰다.

"단 한 명도 살려 두어선 안 된다! 남김없이 사살하라!"

마적단 하나가 중국말로 외쳤다. 두려웠다. 어서 달아나야 하는데, 바위 뒤에서 한 발짝도 움직일 수가 없었다. 그러자 M0902가 끌어당겼다.

"더 가야 해!"

하는 수 없이 바위 뒤를 돌아 비탈을 내려갔다. 그러나 예닐곱 걸음을 채 딛기도 전에 거친 말 울음소리가 들렸다.

"이히힝!"

돌아보니 마적 하나가 바로 뒤에서 달려오고 있었다. 소녀는 쓰러진 나무 옆으로 얼른 몸을 숨겼다. 그 순간, 총소리와 함께 달아나던 일본군 병사 하나가 비명을 지르며 이편으로 굴러떨어졌다. 동시에 그가 가지고 있던 총 한 자루가 소녀의 발 앞에 떨어졌다.

소녀는 재빨리 제 키만 한 총을 들어, 쫓아오는 마적단을 향해 겨누었다. 그리고 망설임 없이 방아쇠를 당겼다.

탕!

총은 갈색 여우 털모자를 쓴 마적의 머리를 정확하게 맞추었고, 놈은 말에서 떨어져 한쪽으로 널부러졌다. 그러나 그게 끝이 아니었다. 또 다른 마적 하나가 쫓아오고 있었다.

소녀는 M0902에게 말했다.

"내가 마적단을 유인할 테니, 어떻게든 여기서 빠져나가. 알았지?"

소녀는 재빨리 총과 탄띠를 챙겼다. 그런 다음, M0902를 썩은 나무둥치 아래쪽에 숨겨 놓고 숲 사이를 달렸다. 순간적으로 M0902가 무슨 말을 하려는가, 싶었지만 돌아볼 틈이 없었다.

과연 마적 하나가 총을 쏘며 소녀를 향해 달려왔다. 다행히 총알은 옆으로 비껴갔지만, 소녀는 금방 따라잡히고 말았다. 소녀는 재빨리 가파른 언덕 아래로 몸을 날렸다. 골짜기 아래로 구르고 굴렀다. 여기저기 무언가 부딪치고, 그때마다 통증이 온몸 깊숙이 느껴졌다. 이러다가 죽을 수도 있겠구나, 싶었다.

"헉!"

한참을 구르다가 무언가에 부딪쳐 멈추었다. 허리와 어깨가 몹시 아팠지만, 소녀는 벌떡 일어났다. 언덕 위를 쳐다보니 마적단이 이쪽을 향해 총을 겨누고 있었다. 그러나 소녀는 피하지 않았다. 대신 총을 들어 나뭇가지에 총신을 걸고 숨을 멈춘 뒤 방아쇠를 당겼다.

탕, 탕!

두 발의 총성이 거의 동시에 울렸다. 그중 한 발은 소녀의 귓가를 스쳤고, 또 한 발은 언덕 위에 선 마적의 머리를 맞추었다. 잠시 후, 짧은 비명과 함께 놈이 말에서 떨어지더니 소녀의 발아래까지 굴러왔다. 소녀는 마적의 시신을 한 번 쳐다보고, 안도의 숨을 몰아쉬었다.

소녀는 눈보라 치는 계곡으로 깊이 들어갔다. 어느 즈음, 총소리가 아득해졌다. 더 한참 뒤에는 총소리마저 들리지 않았다. 그제야 정신을 차리고 보니, 깊디깊은 계곡이었다. 사방은 온통 희었고, 여전히 눈보라가 몰아치고 있었다.

소녀는 멈출 수 없었다. 그들이 언제 따라올지 몰랐으므로 계속 걸었다. 그러다가 금세 밤이 찾아왔고, 그런 뒤에도 소녀는 자꾸만 걸었다. 비탈을 내려갔다가, 다시 산의 능선을 타고 오르기도 했다. 곧 마적단이 뒤쫓아 올 것 같아서 멈출 수가 없었다. 온몸에 감각이 없을 만큼 춥고 아프지 않은 데가 없었지만, 그래도 앞만 보고 걸었다. 나중에는 스스로의 힘이 아니라, 누군가가 자꾸만 뒤에서 떠미는 기분이 들었다.

그러다가 밤이 지나고 새벽이 올 즈음, 소녀는 어느 쪽에서 울리는지 알 수 없는 총소리를 들었다. 그 순간, 쓰러졌고 정신을 잃었다. 눈을 감기 전에 본 세상은 희디희었다.

홀로 남은 소녀

올무에 목이 걸린 토끼는 한참 동안 버둥거리다가 마침내 사지를 늘어뜨렸다. 설아는 그제야 찬찬히 다가가 앉아 올무를 풀었다. 토끼는 아직 따뜻했다. 그 바람에 방금 전에도 그랬듯 "미안해!"라고 웅얼거렸다. 죽은 짐승을 만지는 건 여전히 익숙하지 않아서 고개를 돌린 채 토끼를 꼴망태 안에 넣었다.

기분이 썩 개운하지 않지만, 그렇다고 영 몹쓸 만큼도 아니었다. 무엇보다 할아버지한테 한마디쯤은 할 수 있을 것 같아서였다. '할아버지, 내가 토끼를 잡았다고요! 이제 겁쟁이 아니라고요!' 설아는 주먹을 불끈 쥐고 벌떡 일어났다. 토끼 두 마리를 짊어진 어깨가 묵직해졌다.

이파리가 푸르게 물들기 시작한 자작나무 숲을 걸었다. 바닥엔 여전히 지난겨울 떨어진 나뭇잎이 바스락거렸다.

할아버지는 종종 그런 말을 했다. “늬 할애비는 한때 백두산에서 호랑이를 잡았고, 이 천보산은 물론 용정과 연길*에서도 이름난 포수인데, 넌 어찌 그리 겁쟁이인 것이냐?”라고. 그러면서 활 쏘는 법도 가르쳐 주고, 화승총 다루는 법도 가르쳐 주었다. 또 “산에서 살려면 아무리 계집아이라도 웬만한 산짐승 정도는 잡을 줄 알아야지.” 했다. 그래서 사냥을 나갈 때도 종종 데리고 다녔고, 어떤 짐승이라도 잡아 보라고 채근했다.

할아버지는 정말 마음먹으면 달아나는 노루며, 멧돼지는 물론 날아가는 새도 화승총** 한 방으로 떨어뜨렸다. 하지만 설아는 총소리가 나면 귀를 막았고, 피 흘리는 짐승을 보는 일도 소름 끼쳤다. 설아가 할 수 있는 일이라고는 때마다 할아버지의 밥상을 차리는 일과 감자밭을 일구고, 철마다 산 열매를 따거나 약초와 나물을 캐는 일이 전부였다. 사냥을 하고, 죽은 짐승의 가죽을 벗겨 핏물이 흐르는 고기를 손질하는 일은 여전히 할아버지 몫이었다. 그건 정말이지 아무리 보아도 익숙해지지 않았다.

구태여 활을 놔두고 올무를 놓은 것은 그 때문이었다. 그마저도 얼마 전, 할아버지가 산비탈에서 구르는 바람에 허리를 다치

* 용정과 연길은 백두산 북쪽에 있는 중국의 도시로, 그 북쪽에 천보산이 있다.
** 노끈에 불을 붙여 탄환을 발사하게 만든 구식 총.

지 않았다면 엄두도 못 냈을 거였다. 혹시 토끼 고기라도 해 드리면 빨리 나을까, 싶어서였다. 집 앞 개울 건너 사는 장대 할멈이, 병이 났든 다쳤든 잘 먹으면 빨리 낫는다며 수선을 떨기도 했다. 하긴 지난겨울 내내 고기라고는 변변히 먹은 게 없었다.

어쨌거나 운이 좋았다. 올무를 들고 나서면서도 '어떤 눈먼 토끼가 내 올무에 잡힐까?' 생각했다. 그런데 두 마리씩이나 걸려들다니, 운이 좋았다. 다만 토끼 가죽을 어떻게 벗겨 내야 할지 막막했지만. 그래서 꼴망태를 멘 어깨가 묵직한데도 지레 겁부터 났다. 하지만 설아는 '정 못 하겠다 싶으면 장대 할멈에게 부탁하면 될 거야.'라고 생각하며 잰걸음을 놀렸다. 어쨌든 할아버지가 칭찬 한마디쯤은 해 줄 것 같아서 조금 전과는 달리 슬쩍 미소가 지어졌다.

자작나무 사이로 볕 잘 드는 곳마다 무리 지어 핀 하늘매발톱이 다른 때보다 유독 예쁘게 보였다. 보랏빛의 꽃들이 선선한 바람에 인사하듯 하늘거렸다. 지난겨울, 눈이 허리까지 차올랐던 곳이라고는 믿기지 않았다. 설아는 발걸음을 재게 놀렸다.

그런데 마치 기다렸다는 듯 숲속을 흐르는 바람결이 갑자기 낯설어졌다. 아직 쌀쌀하지만 그저 청량한 바람에 익숙하지 않은 냄새가 끼어든 느낌이랄까. 그 때문에 미간을 찌푸렸고, 동시에 팔과 다리에 힘이 들어갔다. 뒤미처 누군가가 엿보는 듯한 느낌마저 들었다. 순간, 등골이 서늘해졌다.

'누가 나를 따라오고 있어.'

그 생각이 스치자마자 걸음을 재촉했다. 어느새 머리칼이 쭈뼛서는 듯한 기분이 들었다. 채 열댓 걸음 만에 설아는 멈추었고, 천천히 돌아섰다. 잘못 짚었기를 내심 바라면서.

아!

자작나무 뒤에서 늑대가 모습을 드러냈다. 모두 세 마리였다. 유독 얼굴과 등의 잿빛 털이 햇살을 받아 반짝거렸다. 허리가 잘록하고 눈빛은 날카로웠다. 한눈에 보아도 굶주리고 있는 것이 분명했다. 더구나 밤에 돌아다니는 늑대가 대낮에 나타나 사람의 뒤를 쫓는 것을 보면 보통 일은 아닌 듯싶었다. 문득 지난겨울의 가뭄으로 굶주린 짐승들이 많으니, 너무 산속 깊이 들어가지 말라던 할아버지의 말이 생각났다.

설아는 어떻게 해야 할지 몰라 그 자리에서 어금니만 꽉 깨물었다. 다리가 후들거리고 심장이 요동쳤다. 입안에 침이 바짝 말랐다.

머뭇거리고 있자, 왼쪽에 있던 늑대가 송곳니를 드러내 보였다. 아가리 양옆으로 침이 질질 흘러내렸다. 설아는 생각할 틈이 없었다. 재빨리 꼴망태를 풀어 가운데 서 있는 늑대 쪽으로 휙 던졌다. 그와 동시에 늑대들이 달려들어 꼴망태를 찢어발기고 두 마리의 토끼를 물어뜯기 시작했다. 그 사이에 설아는 겨우 몸을 움직여 서너 걸음 뒤로 물러났다. 더 빨리 달아나려 했지만, 생각만큼 몸이 따라 주지 않았다.

잠깐 사이, 늑대들은 두 마리의 토끼를 모두 해치우고 다시 이쪽을 바라보았다. 놈들의 주둥이가 핏물로 붉디붉었다. 지옥에서 막 올라온 괴수가 저런 모습이 아닐까, 싶었다. 이쪽을 향해 부릅뜬 눈과 송곳니를 보고 있자니 심장이 멎을 만큼 무서웠다. 설아는 무엇을 어떻게 해야 할지 몰라 그저 온몸을 떨며 서 있기만 했다.

늑대가 두어 걸음 더 이쪽으로 다가왔다. 바로 그 순간 머릿속의 누군가가 말했다.

'살아야 해!'

동시에 뾰족한 송곳이 머릿속을 깊이 찌르는 듯한 통증이 빠르게 일어났고, 그 아픔이 실핏줄을 타고 온몸으로 번져 나갔다. 뒤미처 또 다른 목소리가 들렸다.

'달아나!'

그 말을 신호로, 설아는 재빨리 뒤로 돌아서 달아나기 시작했다. 그와 함께 커컹, 하는 소리가 들리고 늑대들도 곧바로 뒤쫓아 왔다. 설아는 자작나무 사이를 요리조리 피하며 있는 힘을 다해 뛰었다. 하지만 늑대를 따돌리기에는 역부족이었다.

늑대의 거친 숨소리가 시시각각 가까이 다가왔다. 아니, 그런가 싶었는데 가장 앞섰던 늑대 한 마리가 높이 뛰어오르더니 설아의 어깨를 덮쳤다. 그 바람에 설아는 앞으로 나동그라졌다. 여러 번 구르고 재빨리 몸을 추슬렀을 때, 이미 두 마리의 늑대가 앞쪽에 서 있었다. 그리고 나머지 한 마리가 뒤에서 다가오고 있었다.

설아는 재빨리 두리번거렸고, 자신도 모르게 한 발로 땅을 이리저리 쓸었다. 발끝에 무언가 걸렸다. 한 뼘이 조금 넘은 길쭉한 돌멩이였다. 설아는 얼른 그것을 집어 들었다. 그리고 윗저고리를 벗어 왼쪽 팔에 겹겹이 감았다. 알 수 없는 일이었다. 생각보다 몸이 먼저 움직였고, 그것도 아주 빨랐다. 평소에 자신의 행동 같지 않았다. 하지만 왜 그런지 따질 틈이 없었다.

앞쪽에 있던 늑대 두 마리가 연이어 이편으로 뛰어올랐다. 설아는 재빨리 앞쪽의 늑대를 피하고 뒤이어 달려오는 늑대 옆구리를 돌로 찍었다.

"캐갱!"

외마디 비명을 지르며 늑대는 옆으로 나동그라졌다. 하지만 연이어 다른 두 마리가 다시 설아를 향해 달려들었다. 설아는 윗저고리를 감은 팔을 한 마리에게 내주었다. 늑대의 송곳니가 겹겹으로 싸맨 윗저고리마저 뚫고 맨살에 닿았다. 놈은 거칠게 팔을 물고 늘어졌다. 살이 찢기는 통증이 일었지만, 설아는 놈 대신 또 다른 늑대의 목덜미를 먼저 돌로 힘껏 내리쳤다. 그러고는 팔을 물고 있던 늑대를 땅바닥에 내동댕이친 다음 발로 걷어찼다.

"캐갱!"

늑대가 비명을 지르며 나동그라졌다. 하지만 그다음 순간, 처음 옆구리를 얻어맞은 늑대가 다시 달려와 설아의 어깨를 물었다.

"아악!"

설아는 자신도 모르게 비명을 지르며 쓰러졌다. 그러자마자 또 다른 늑대가 달려들어 한쪽 다리를 물고 늘어졌다. 이러다가 사지가 찢어질지도 모르겠다는 생각이 들었다. 설아는 재빨리 이리저리 몸을 굴려 가까스로 놈을 떨어뜨려 놓았다. 그리고 일어나 또다시 달려드는 늑대 한 마리를 향해 돌을 집어 던졌다. 돌은 놈의 얼굴에 정통으로 맞았고, 동시에 옆으로 쓰러졌다. 그러나 두 마리는 여전히 크르렁거리며 달려들었다.

문득 이 자리에서 더는 버틸 수 없을 것 같았다. 설아는 다시 뛰었다. 달리며 앞쪽 길을 가늠했다. 햇살이 눈부셨고, 바람이 강해졌다. 숲이 끝나고 산비탈이 나타났다. 그때쯤, 늑대가 다시 뛰어올라 어깨를 노렸지만, 설아는 재빨리 가파른 비탈 아래로 몸을 날렸다.

"아아악!"

자신도 모르게 비명이 나왔고, 정신없이 구르고 굴렀다. 때로는 튀어나온 돌에, 그러다가 부러진 나뭇가지에 몸 여기저기를 부딪쳤다. 그러기를 몇 차례, 어느 즈음에 이르러 몸이 허공으로 훌쩍 날아올랐다. 그리고 잠깐 정신을 놓았다, 싶었는데 바짝 마른 억새 숲에 처박혔다.

"으헉!"

온몸이 산산조각 나는 듯이 아팠고, 정신을 차릴 수가 없었다. 설아는 사지를 늘어뜨린 채 온몸을 파르르 떨었다.

잠시 후 눈을 떴다. 억새풀 사이로 파란 하늘이 보였다. 푸르디푸른 하늘이었다.

"하아!"

길게 숨을 내쉬고 곧바로 일어나 사방을 둘러보았다. 더 이상 늑대의 모습은 보이지 않았다. 설아는 그 자리에 풀썩 주저앉았다. 내가 살아 있는 걸까, 싶어서 설아는 제 몸 곳곳을 더듬거려 보았다. 비로소 긴장감이 풀리고 온몸이 축 늘어졌다.

그제야 한 가지 의문이 스치고 지나갔다.

'조금 전까지 무슨 일이 일어났던 걸까?'

자신을 공격하던 늑대 모습이 떠올랐다. 날카로운 이빨과 섬뜩한 눈빛이 지금도 몸서리칠 만큼 무서웠다. 그런 늑대와 싸워 도망쳐 살아났다는 사실이 믿어지지 않았다. 하지만 그 생각이 지나가자 또 하나의 의문이 불쑥 고개를 들었다.

'내가 어떻게…….'

늑대의 공격을 받는 순간, 재빨리 방어할 무기를 찾아낸 일이나, 윗저고리를 벗어 팔을 감싼 것도 그렇고, 비록 달아나긴 했지만, 놈들과 맞서 싸운 일이 믿기지 않았다. 어떻게 그렇게 할 수 있었을까? 또 다른 누군가 몸에 들어와 그가 자기 마음대로 움직인 기분이었달까.

그런 생각이 들자 갑자기 무서워졌다. 자신도 모르게 몸을 움츠렸다.

'너, 넌 누구지?'

설아는 또 다른 누군가에게 물었다. 그러나 대답할 리 없었다. 설아는 한동안 답도 없는 물음을 여러 차례 반복했다. 그럴 수밖에 없었다. 평소의 설아는 밥 짓고 나물 캐거나 할아버지의 옷을 꿰매고 틈틈이 할아버지가 구해다 준 소학을 읽었을 뿐이었다. 고작 열여섯 살밖에 되지 않은 계집아이가 늑대와 싸웠다는 것이 믿어지지 않았다. 소름이 돋았다.

그러나 생각을 거듭해도 답은 나오지 않았다.

설아는 일어나 팔에 감았던 윗저고리를 풀어 다시 입었다. 몸을 움직일 때마다 곳곳이 쑤시고 아팠다. 옷은 피투성이였고, 여기저기 찢어져서 무슨 누더기 같았다. 뿐만 아니었다. 땀이려니 생각하고 이마를 닦았는데 피가 묻어났다. 설아는 옷소매로 뺨까지 흘러내린 피를 닦아 내고 일단 억새 숲 밖으로 나왔다.

경사가 완만한 비탈 아래로 관목과 잡초가 무성했다. 이름 모를 꽃들이 여기저기 피어 있었고 군데군데 바람이 부는 방향대로 자란 깃발 나무가 우뚝우뚝 솟아 있었다. 그 아래로 힘없이 걸었다. 풀과 나무가 다리를 할퀴었고 바람이 얼굴을 때렸다.

'아무 일도 아닐 거야!'

설아는 자신을 다독이며 잰걸음을 놀렸다. 하지만 그럼에도 불구하고 조금 전의 일들이 머릿속을 떠나지 않았다. 무엇보다, 자신이 돌을 집어 들어 늑대의 머리를 후려치고 등을 내리치던 그 모습. 그게 정말 자신이었는지 믿어지지 않았다.

알 수 없는 두려움이 아까보다 커졌다. 설아는 달리기 시작했다. 할아버지가 보고 싶었다. 할아버지는 자신에게 왜 그런 일이 일어났는지 알려줄 것 같아서였다.

쉬지 않고 달렸다.

곧 경사진 비탈을 지나고, 소나무 숲 안으로 들어섰다. 숨이 가빠졌지만 멈추지 않았다. 그런데 그것마저도 이상했다. 늑대와 싸우느라 여기저기 다치고 피까지 흘렸음에도 지치지 않고 달리고 있는 자신의 모습 또한 한없이 낯설었다. 모든 것이 이상하기만 했다. 그래서 더 쉴 수가 없었다. 게다가 소나무 숲을 지나면 할아버지의 초막이 멀지 않으니까.

하지만 소나무 숲 끝에서 멈추어 서지 않을 수 없었다. 말굽소리 때문이었다. 자기도 모르게 몸을 숨겼다. 천보산은 물론 용정이나 연길 부근에서 말을 타고 다니는 사람들은 대부분 일본군 병사들이거나 마적단이라고 할아버지가 말했다. 실제로 마주친 적도 여러 번이었다.

아니나 다를까. 다섯 명의 사내들이 말을 타고 병풍마을 쪽으로 향하고 있었다. 둘은 일본군 군복을 입었고, 둘은 얼룩덜룩한 짐승의 가죽을 걸치고 있었다. 나머지 하나는 새까만 가죽옷을 걸쳤고, 도리우치*를 썼는데, 유독 허리가 꼿꼿해 보였다.

설아는 그들이 모두 지나간 다음, 소나무 숲에서 나왔다.

설아는 일부러 오솔길을 따라가지 않고, 얕은 계곡 길로 들어섰다. 방금 지나친 일본군 병사들과 마주칠지도 모른다는 생각에서였다. 그들과 마주치면 무조건 피하라고, 할아버지가 항상 말했었다. 어차피 할아버지의 초막은 오솔길과 계곡 길이 만나는 병풍바위 앞쪽에 있었으므로 남의 눈에 띄지 않고 집으로 돌아가기에는 계곡 길이 더 나았다.

한편으로는 고작 예닐곱 가구가 사는 병풍마을에 무슨 일일까, 하는 의구심이 잠깐 스쳤다. 게다가 할아버지 빼고는 모두 화전으로 밭을 일구며 사는 사람들인데? 하지만 그런 걸 더 생각할 여유가 없었다. 설아는 빨리 집으로 돌아가 자신에게 생긴 일이 어찌 된 것이냐고 할아버지에게 묻고 싶은 마음뿐이었다.

설아는 부지런히 걸었다. 계곡 왼쪽의 너와집 두 채의 굴뚝에서 연기가 솟아오르고 있었다. 그때쯤 계곡 아래쪽으로는 산 그림자가 졌다.

탕!

* 둥글넓적한 모양의 사냥 모자를 일컫는 일본어 투의 낱말.

한 발의 총성이 계곡을 찢을 듯 울렸다. 계곡 아래쪽으로 굽어진 소나무 위에서 몇 마리의 새들이 파다닥 소리를 내며 날아갔다. 그 바람에 설아는 자신도 모르게 걸음을 멈추었다. 숨이 막혔다. 정확한 방향은 가늠할 수 없었지만, 계곡 위쪽에서 나는 소리인 것만은 틀림없었다.

'설마…….'

자신도 모르게 중얼거렸다. 이제 계곡 위쪽에 남은 집이라고는 할아버지 집과 장대 할멈이 사는 집 외에는 없었기 때문이다. 가슴이 덜컥 내려앉았다. 조금 전 오솔길로 지나간 일본군 병사들이 생각났다.

설아는 뛰기 시작했다.

얼마 지나지 않아 오른쪽으로는 장대 할멈의 집이 보였고, 왼쪽 위편으로 할아버지의 집이 보였다. 그리고 더 가까이 다가갔을 때, 나무들 사이로 아까 오솔길에서 보았던 사람들의 무리가 눈에 띄었다. 설아는 일단 걸음을 멈추고 주위를 살폈다. 그러고는 계곡 길을 따라 더 올라가 집 뒤편으로 다가갔다. 일정한 거리를 두고 바위 뒤에 몸을 숨겼다. 그런 채로 엿보았다.

낮은 지붕과 그 앞 좁은 마당이 한눈에 들어왔다. 마당과 사립문 너머까지 다섯 명의 사내들이 가득 들어차 있었다. 그리고 할아버지가 그들 앞에서 외치고 있었다.

"갑자기 대체 무슨 말을 하는 것이오? 산짐승을 잡는 포수에게서 총을 내놓으라니?"

그러고 보니 할아버지는 화승총을 한 손에 들고 있었다.

"영감님, 말했잖소. 이제부터 민간인이 총포를 가지고 있으면 안 된다고."

할아버지의 말에 답한 사람은 얼룩덜룩한 짐승 가죽을 걸친 사내였다. 얼굴이 길고 족제비 상이었다. 할아버지가 그 사내를 향해 더 소리를 높였다.

"도대체 백 년이나 된 화승총으로 내가 뭘 한다고 늙은이의 목숨줄까지 끊으려는 게야? 그리고 네놈은 조선인이 되어서 어찌 마적질에 왜놈들 앞잡이까지 하고 다니는 것이야? 하려거든 조선을 위해 총을 들어야지!"

나중에는 꾸짖듯 할아버지가 언성을 높였다. 그러자마자 뒤에서 있던 일본군이 앞으로 나섰다. 그리고 할아버지를 향해 총을 겨누었다. 순간, 설아는 자신도 모르게 주먹을 꾹 쥐고 달려 나갈 태세를 취했다. 바로 그때였다.

뒤에서 억센 남자의 손이 설아의 입을 막고 동시에 뒤로 끌어당겼다. 그 바람에 설아는 바위 뒤로 나동그라졌다. 그러나 설아는 재빨리 몸을 추스르고 일어나 부러진 나뭇가지를 집어 들고 맞섰다.

"쉿!"

남자가 입에 손을 가져다 대며 낮게 소리를 냈다. 그리고 자기 가슴을 서너 번 두드렸다. 입술만 움찔거리며, '나야, 나!'라고 말하고 있었다. 가만히 보니 낯이 익었다. 할아버지가 아주 가끔 만나는 흑룡 계곡 산막의 백두 대장 아재와 항상 함께 다니는 청년이었다. 까치라고 불렸는데, 아마 지금처럼 비죽비죽 아무렇게 솟은 머리칼 때문인 듯했다.

설아는 그가 누구인지를 확인하고 나뭇가지를 내려놓았다. 그러자 까치가 다가와 속삭이듯 말했다.

"지금은 나서면 안 돼! 너까지 위험해!"

"하지만……."

"내 말 들어!"

표정이 간곡했다. 그 바람에 설아는 일단 그의 말에 따르기로 했다. 그리고 다시 바위를 기어올라 집 아래쪽을 내려다보았다. 여전히 할아버지가 큰 소리를 냈다.

"어서 돌아가! 내 집에서 썩 나가!"

그런데 그 순간, 까만 가죽옷을 입은 사내가 소리쳤다.

"오잇!"

그 말과 함께 일본 군복을 입은 사내 둘이 앞으로 나섰다. 그리고 강제로 할아버지를 밀쳐 내고 화승총을 빼앗았다. 그 바람에 할아버지는 뒤로 넘어졌다. 할아버지는 재빨리 일어나 일본군을 향해 달려들었다. 그러자 이번에는 병사 하나가 소총을 휘둘러 할아버지의 얼굴을 때렸다.

퍽, 하는 소리와 함께 할아버지는 나뒹굴었고 입에서 피를 쏟았다. 할아버지는 일어나지 못하고 바닥에서 온몸을 떨었다. 그럼에도 불구하고 병사는 할아버지를 향해 다가와 발을 들어 걷어찼다. 할아버지의 비명이 한 번 더 크게 울렸다. 순간, 설아의 머릿속에서 아까처럼 누군가 말했다.

'할아버지가 위험해!'

동시에 설아는 일어났다. 그리고 바위 위로 올라섰다. 재빨리 까치가 설아의 옷을 붙잡았지만 소용없었다. 설아는 바위를 타고 미끄러지듯 내려와 마당으로 뛰어들었다. 그리고 일본군 병사 앞을 막아섰다.

"우어어억!"

병사 둘이 놀란 듯 뒤로 물러섰다. 귀신이라도 본 얼굴이었다. 하긴 옷은 찢어지고 온통 피투성이인 설아가 놀랍기도 할 터였다. 얼룩덜룩한 짐승의 옷을 입은 사내도 흠칫 놀라 한 걸음 물러났고, 가죽옷을 입은 사내는 잔뜩 인상을 찌푸렸다. 설아는 그들을 향해 마주 서서 주먹을 불끈 쥐었다.

그때, 뒤에서 할아버지의 목소리가 들렸다.

"서, 설아……."

문득 설아는 돌아서 할아버지에게 달려갔다.

"할아버지!"

"서, 설아……."

할아버지가 피를 토하며 겨우 입을 열었다. 설아는 할아버지를 일으켜 세웠다. 그때, 아까처럼 한마디가 들렸다.

"오잇!"

그 말과 함께 총을 빼앗은 일본군이 등을 돌렸다. 그리고 막 문밖으로 나갔다. 그 순간, 툇마루 아래에 놓여 있는 낫이 눈에 띄었다. 설아는 자신도 모르게 재빨리 낫을 집어 들었다. 그리고 소리쳤다.

"야아아아!"

그러자 돌아섰던 병사 하나가 뒤를 돌았다. 그러더니 반사적으로 총을 겨누었다.

"안 돼!"

탕!

할아버지의 목소리와 총소리가 동시에 들렸다. 그리고 어느새 설아 앞으로 나선 할아버지가 힘없이 풀썩 쓰러졌다.

"헉!"

쓰러진 할아버지의 가슴팍에서 금세 핏물이 새어 나왔다. 가슴이 온통 새빨갛게 물들기 시작했다.

"할아버지!"

설아는 꿇어앉은 채 할아버지를 끌어안았다. 하지만 할아버지는 몸을 들썩거리면서 계속 피를 토했다. 어찌해야 할지 몰랐다. 너무나 기가 막혀서 설아는 고개를 들어 문 앞에 서 있는 사람들을 쳐다보면서 울부짖었다.

"아아아!"

온몸에 피가 끓는 듯했다. 이어 아까 그랬던 것처럼 또 다른 누군가가 속삭였다.

'달려들어. 늑대도 해치웠잖아. 어서!'

그 소리에 설아는 옆에 떨어뜨렸던 낫을 다시 집어 들었다. 하지만 그때, 무언가가 설아의 다리를 꼭 붙잡았다. 할아버지의 손이었다. 다리에 한 번 더 힘을 주었지만, 할아버지는 손을 놓지 않았다.

"할아버지!"

그때 문밖에서 목소리가 들렸다.

"오잇! 바카야로! 왜 시키지도 않은 짓을 하는 게야?"

"어서 자리를 피하시지요. 날이 어두워지고 있습니다. 행여 총소리를 누가 들었을지……."

콧수염을 기른 까만 가죽옷 사내가 일본군 병사를 나무라는 말에 족제비 상의 남자가 끼어들었다. 하는 수 없다고 생각했는지 가죽옷 사내가 몸을 돌렸다. 하지만 그는 다시 이쪽을 쳐다보았다. 그러다가 설아와 눈이 마주쳤고, 그는 한참 동안 설아를 쳐다보았다. 설아도 지지 않고 콧수염 사내를 노려보았다. 콧수염 사내는 잠깐 고개를 갸웃거리며 생각하는 듯하더니 곧 말에 올랐다.

잠시 후, 말굽 소리가 멀어지기 시작했다. 그리고 사방은 고요해졌다. 그때 할아버지가 설아의 손을 잡았다.

"나비……."

할아버지는 겨우 한마디를 남기고 고개를 한쪽으로 떨어뜨렸다.

복수의 다짐

……어서 이리 와 머리 감지 못해! 할아버지가 빨래를 널고 있는 설아를 향해 잔소리를 해 댔다. 못해도 보름에 한 번은 꼭 저리 야단을 떠는 할아버지가 참 별나구나, 싶었다. 다른 어떤 일에도 잔소리 한 번 안 하는 할아버지는 반드시 머리 감는 일에는 지나칠 만큼 공을 들였다. 알았어요, 알았다고요! 설아는 뾰로통해서 소리치고 할아버지의 홑적삼을 싸리 담장 위에 널었다.

그리고 부엌으로 가서 할아버지가 푸른 깻잎과 호두 껍데기를 넣고 오랫동안 삶은 물을 가지고 나와 머리를 감았다. 그러자 할아버지는 씩 웃었다. 그것 봐라, 얼마나 예뻐? 그래서 설아는 또 물었다. 엄마도 머리카락이 이렇게 붉었어요?

물론 그럴 때마다 할아버지의 대답은 한결같았다. 그랬단다. 그걸로 놀림을 얼마나 받았던지. 그래서 네 엄마도 이렇게 깻잎과 호두 껍데기를 넣고 삶은 물로 머리를 감았지. 겨울에는 옻칠도 하고. 머리카락 색깔이 남다른 게 뭐 어떻다고 그리 호들갑인지, 원! 그래도 이렇게 예쁘기만 한데, 안 그러냐? 그 말에 설아는 따라서 히죽 웃었다. 그리고 슬쩍 할아버지를 쳐다보았다.

어?

잠깐 사이, 할아버지가 보이지 않았다. 방 안은 텅 비어 있었고, 그 어느 때보다 고요했다. 할아버지를 불러 보았지만 대답이 없었다. 몇 번을 불러도 마찬가지였다. 온 집 안을 다 둘러보아도 할아버지는 온데간데없었다. 조금 전까지 느끼지 못했던 찬바람이 어깨에 내려앉았다.

비로소 설아는 혼자 남았다는 사실을 깨달았다. 설아는 마당에 풀썩 주저앉았다. 할아버지가 마지막으로 고개를 떨구었던 그 자리에 앉은 채 넋을 놓았다.

그때 바람이 불었고, 그 바람은 삭풍만큼이나 서늘했다. 그 탓에 온몸이 얼어붙듯 차가워졌다. 설아는 사시나무 떨듯 떨었다. 이가 부딪치고, 절로 움츠러들었다. 순간 눈물이 났고, 뺨을 타고 흘러내렸다. 그리고 땅바닥을 짚은 손등에 똑똑 떨어졌다. 얼음장처럼 차가웠던 손이 따뜻해졌다. 손등에서 손끝까지 조금씩 온기가 돌았다.

누군가 설아의 손을 꼭 잡았다.

눈을 떠 보니 얼굴이 까무잡잡한 아낙네가 설아를 내려다보고 있었다. 설아의 손을 쥐고 있는 것도 그녀였다. 미소를 짓고 있었는데, 눈가는 촉촉했다. 그녀는 한 손으로는 설아의 눈가에 흐른 눈물을 닦아 주었다.

"누, 누구?"

겨우 입을 뗐다. 그리고 동시에 자신이 누워 있는 곳이 집이 아니란 사실을 깨달았다.

"난 원주댁이라 한다. 사흘 만에 깨어났구나. 이제 좀 정신이 드는 게야?"

"네?"

"이제 몸도 따뜻해졌고, 혈색도 돌아왔구나. 살았다, 너는 살았어! 할아버지가 도우신 게야."

원주댁이 설아의 몸 이곳저곳을 만지면서 말했다. 정말 한시름 놓았다는 표정이었다. 그러나 그 말을 듣는 순간, 며칠 전의 일들이 머릿속에서 한꺼번에 스쳐 지나갔다. 일본군과 마적단, 그리고 총소리와 가슴을 빨갛게 물들인 채 마지막으로 고개를 떨어뜨리던 할아버지의 모습이 지금도 생생했다. 그 바람에 설아는 다시 한번 몸을 떨었다.

"걱정하지 말거라. 할아버지는 양지바른 곳에 잘 모셨어. 그리고 널 혼자 둘 수 없어서 이리 데려온 것이다. 그러느라 까치가 아주 혼이 났단다."

마치 설아의 생각이라도 읽은 듯 원주댁이 말했다. 어렴풋이나마 짐작이 됐다. 정신을 잃기 직전 달려와 부축하던 까치의 모습이 아련했다.

설아는 몸을 일으켰다. 그러자마자 온몸에 통증이 느껴졌다. 머리끝에서부터 발끝까지 아프지 않은 곳이 없었다.

"조금 더 쉬어라. 도대체 무슨 험한 일을 당했길래 상처가 나지 않은 곳이 없더구나. 팔과 어깨와 다리엔 짐승에 물린 자국이 있고, 머리도 깨지고 옆구리와 등에도 상처가 있었어."

"늑대가……."

원주댁의 말에 입을 열었다가 닫았다. 그 말에 또 다른 기억이 스쳤기 때문이다. 늑대, 그리고 놈들과 싸우던, 지금과는 전혀 다른 자신의 모습. 하지만 더 기억하고 싶지 않았다.

"늑대? 세상에 어쩌다가……. 아니다. 지금은 더 쉬는 게 낫겠다. 나중에 이야기해다오."

원주댁은 한사코 눕히려 했지만, 설아는 몸을 일으켰다.

"도대체 어쩌려는 게야? 이런 상태로 움직이면 몸이 더 상한다. 아무것도 하지 말고, 지금은 그저 쉬어야 해."

원주댁의 말에도 불구하고 설아는 일어났다. 딱히 무얼 하겠다는 생각은 없었다. 머릿속에는 별별 생각이 다 스쳐 지나갔지만, 그냥 앉아 있을 수만은 없다는 생각뿐이었다. 설아는 그예 몸을 일으켜 세웠다. 머리가 핑 돌아서 어지러웠다.

문밖으로 나오자 바로 앞에 통나무와 진흙을 바른 큰 건물이 서 있었고, 설아는 그 옆을 돌아 앞쪽으로 나아갔다. 통증이 여전했고 현기증이 났다. 다리에 힘이 풀려 휘청거렸지만, 걷지 못할 정도는 아니었다. 그래도 원주댁은 따라와 설아 옆에 바짝 붙었다.

건물 앞으로 나서자 아주 낯설지만은 않은 풍경이 눈에 들어왔다. 큰 건물 아래의 널따란 공터도 그랬고, 그 너머 멀리 산골짜기와 높고 낮은 산의 봉우리도 마찬가지였다. 공터에서는 열댓 명의 사내들이 무술 연습이라도 하는지 윗옷을 벗은 채 기합을 넣으며 허공에 발차기를 하고 있었다.

짐작했던 대로 흑룡 계곡의 산막이었다. 할아버지와 예닐곱 번 다녀간 적이 있었다. 좁은 오솔길을 돌고 돌아 숨어 있는 산막에 오면 할아버지는 늘 백두 대장과 한참 동안 이야기를 나누거나, 간혹 하루 묵고 가는 날도 있었다. 연배는 할아버지보다 한참 아래로 보였지만, 각별한 사이인 것만은 분명했다.

"어찌 벌써 일어났어? 몸이 좀 나은 것이냐?"

낮고 굵은 목소리였다. 돌아보니, 큰 건물 옆의 또 다른 별채에서 나온 백두 대장이 이편으로 걸어오며 물었다. 희끗한 앞머리가 바람에 날렸다. 그 뒤로 까치가 따라왔다.

"네."

설아는 짧게 대답하며 공손하게 고개를 숙였다. 그러자 백두 대장은 하늘을 올려다보았다. 먹구름이 짙었고, 바람이 생각보다 쌀쌀했다. 무언가 생각하는 듯하다가 백두 대장이 물었다.

"그럼, 할아버지의 묘부터 가 볼 테냐?"

"아직 몸이 성치 않아요, 대장님. 곧 비도 내릴 것 같고."

백두 대장의 말에 원주댁이 나섰다. 하지만 설아는 고개를 끄덕였다. 그러자 백두 대장은, 원주댁과 설아를 번갈아 쳐다보더니 까치를 향해 말했다.

"말을 끌고 와라. 너도 같이 가자. 살살 다녀올 테니 걱정하지 말아요."

백두 대장은 원주댁을 안심시키는 말도 잊지 않았다.

잠시 후, 까치는 재빨리 건물 뒤로 가서 말 두 필을 가져왔다. 백두 대장이 먼저 말 위에 올라탔고, 또 한 마리에는 설아와 까치가 탔다. 백두 대장은 서두르듯 말을 몰았다. 까치의 말보다 조금 앞서갔다. 설아는 말에 오르자마자 까치의 허리를 붙잡고 머리를 등에 기댔다. 아직도 어지럼증이 채 가시지 않은 탓이었다. 까치의 어깨 옆으로 총과 탄띠를 맨 백두 대장의 어깨가 보였다.

잠시 후, 백두 대장이 말의 속도를 늦추어 까치가 모는 말 옆으로 나란히 섰다.

"여기가 어떤 곳인지 알고 있느냐?"

"왜놈과 싸우는 사람들이 모이는 곳이라고 들었습니다."

"맞다. 이곳은 정식 독립군 부대는 아니지만, 김세진 부대와 홍윤도 부대를 돕기도 하고 필요하면 직접 전투를 벌이기도 하지. 이런 산막이 이 천보산에만 몇 곳이 있어. 그저 의병이라 생각하면 쉽겠구나."

설아는 말없이 고개만 끄덕였다. 백두 대장이 무슨 말을 하려는지 짐작이 되지 않아서였다. 별다른 반응을 하지 않자, 백두 대장은 말을 이어 나갔다.

"알고 있을지 모르지만 네 할아버지도 왜놈군과 싸웠다. 경성에서 3.1 만세운동이 일어나기 전부터 의병이셨지. 나도 그때 네 할아버지를 만났다. 정말 명포수답게 수많은 왜놈을 쓰러뜨렸다."

"네? 할아버지가요?"

백두 대장의 말에 설아는 반사적으로 물었다. 말 그대로 얼결에 되나온 질문이었다. 그래서였는지는 몰라도 백두 대장은 제 말을 이어 갔다.

"어린 너를 돌본다고 다시 포수로 돌아갔지만, 지금까지도 알게 모르게 우리를 많이 도우셨다. 위험에 빠진 우리를 돕기도 하고, 이 천보산 자락을 훤히 알고 있어서 우리에게 숨겨진 이동로를 알려 주셨다. 사실상 네 할아버지도 왜놈들과 싸운 것이다."

"저에게는 한마디도……."

"하지만 너는 이제 연길에 가서 살아야 한다. 네 할아버지 뜻이야!"

"그보다는 할아버지의 총을 찾아야 해요!"

설아는 자신도 모르게 소리를 높였다. 그러자 백두 대장이 갑자기 말을 멈추었다. 덩달아 까치의 말도 우뚝 섰다. 백두 대장은 설아를 빤히 쳐다보았다. 미간이 살짝 일그러져 있었다. 그 표정의 의미를 알 수 없어서 설아는 마주 보다가 고개를 돌리고 말았다. 마치 눈빛으로 혼내는 것처럼 느껴져서였다.

백두 대장이 다시 입을 열었다.

"네가 무슨 수로 할아버지의 총을 찾겠다는 것이야? 설마 복수라도 하겠다는 뜻이냐?"

그 말에 아무 대답도 하지 못했다. 그러자 생각할 틈을 주지 않고 백두 대장이 못 박듯 말했다.

"며칠 산막에 머물다가 몸이 온전해지거든 원주댁과 함께 연길로 가거라. 이제 이 산은 네가 있을 곳이 아니야. 가서 남들처럼 평범하게 살거라."

그리고 백두 대장은 더 무어라 말하지 않고 말의 고삐를 당겼다. 말이 다시 앞으로 나아가기 시작했다.

그런데 그때 갑자기 오기가 생겼다.

"저도 산막에 남겠습니다."

"안 된다. 네 할아버지와 약속했다. 그러니 시키는 대로 해라."

"싫습니다."

설아는 또렷한 목소리로 말했다. 무얼 어찌하겠다는 생각도 없이 내지른 말이어서 무안했다. 그걸 눈치채서였을까. 백두 대장은 들은 체도 하지 않았다. 그리고 조금 더 가다가 돌아보지도 않고 그저 툭 던지듯 한마디 했다.

"네 엄마와 아버지도 의병운동을 하다가 목숨을 잃었다. 너마저 잃고 싶지 않다고 하셨다. 내 말 듣거라."

그 말에 설아는 무슨 대꾸라도 하려다가 멈추었다. 문득, 그래서 할아버지가 엄마와 아빠에 대해서 이야기하기를 꺼렸던가, 하는 생각이 들었다.

실제로 할아버지는 엄마와 아버지에 대해서 거의 말하는 법이 없었다. 설아가 조르다시피 물을 때만 마지못해 두루뭉술하게 말해 줄 뿐이었다.

"심성이 곧고 바른 사람들이었지. 네 아빠는 키가 훤칠했고, 엄마는 아주 곱고 예뻤단다. 아주 어울리는 짝이었어. 또 얼마나 애틋하게 서로를 아꼈는지 모른단다. 어쩌다가 몹쓸 사고가 나서 멀리 떠나기 전까지는 말이다. 나중에 너도 네 아버지처럼 바른 청년을 만나 시집가면 좋으련만……."

할아버지가 들려준 아버지와 엄마에 관한 이야기는 고작 그 정도뿐이었다. 생김새도 떠올릴 수 없었고, 물론 자신이 어디서 어떻게 태어났는지조차도 알 수 없었다. 그래서 간혹 할아버지에게 매달려 칭얼거리곤 했다. 더 자세히 말해 달라고. 하지만 할아버지는 그때마다, "이 할애비가 입이 닳도록 이야기했는데, 네가 잊은 거란다. 언젠가 기억이 다 날 테니, 너무 조급해하지 말거라." 하며 다독였다.

할아버지가 들려주는 옛이야기는 모두 새롭고 신비롭기까지 했다. 게다가 지금은 할아버지조차 꺼내지 않았던 말을 백두 대장이 하고 있다. 엄마와 아버지가 의병 노릇을 하다가 목숨을 잃었다니? 그래서 할아버지는 같은 천보산에 살면서도 산막에 들어가지 않고 홀로 사냥꾼 노릇을 하며 지냈다는 건가? 백두 대장과 아주 각별한 사이였음에도 불구하고?

"길이 좁으니, 내가 먼저 가야겠구나. 뒤따라오너라!"

이런저런 생각을 하고 있을 때, 백두 대장이 고삐를 움켜쥐더니 앞으로 나아갔다. 아닌 게 아니라 오솔길마저 사라지고 비탈이 조금 더 가팔라졌다. 까치의 말이 그 뒤를 따랐다. 몸이 점점 더 뒤로 기울었다. 그 바람에 설아는 까치를 더 힘껏 끌어안았다.

말은 좁은 비탈길을 따라 조금 더 앞으로 나아갔다. 가문비나무가 우거진 숲은 어둡고 깊었다. 바람까지 불어 을씨년스럽기 짝이 없었다. 공연히 가빠지려는 숨을 몰아쉬고 설아는 가만히 기다렸다. 숲이 조금 더 이어지다가 갑자기 사방이 밝아졌다. 그러더니 선홍빛 진달래 군락이 펼쳐졌다.

백두 대장의 말이 먼저 멈추었고, 잠시 후 까치를 따라 설아도 말에서 내렸다. 그러자마자 스물댓 걸음 앞에 돌로 쌓인 봉분이 한눈에 들어왔다. 옆과 뒤쪽에는 싸리나무가 병풍처럼 가로막고 있었다. 설아는 천천히 다가갔다.

“우선 여기에 모셨다. 나중에 좋은 날이 오면 그때 더 나은 곳으로 옮겨 드리자.”

설아는 백두 대장의 말에 돌무덤 앞으로 다가가 무릎을 꿇었다. 설아는 아무런 대꾸도 하지 않았다. 그저 머리를 숙이고 소리 없이 눈물을 흘렸다.

온갖 생각이 스쳐 지나갔다. 할아버지와 산을 다니며 사냥을 하고, 조그만 감자밭을 일구고, 머리를 감던 기억까지 모두. 어쩌면 이 무덤에 오는 것조차 마지막일지도 모른다는 생각 때문에 설아는 더더욱 할아버지와의 기억을 떠올리려고 애썼다. 그러나 딱 거기까지였다.

설아에게는 어릴 때의 기억이 통째로 사라져 버렸으므로. 그래서 문득 할아버지에게 미안한 생각마저 들었다. 할아버지가 가진 기억을 자신이 함께 나누지 못하고 있다는 마음 때문이었다.

몇 년 전 끔찍한 악몽을 꾸고 깨어났을 때, 설아는 지금보다 더 심하게 온몸 여기저기가 찢어지고 부러져 있었다. 그 때문에 정신을 차린 뒤에도 거의 한 달 동안은 누운 채 꼼짝을 하지 못했다. 곁에서 할아버지가 약초를 발라 주고 미음을 떠먹여 주었는데, 며칠 동안은 할아버지마저 낯설었다. 그저 생전 처음 보는,

희끗한 긴 머리칼을 상투처럼 틀고, 턱 밑의 흰 수염이 아무렇게나 자란 노인일 뿐이었다. 그 때문에 할아버지가 가까이 다가와 상처를 돌보고 이부자리를 갈아 줄 때마다 자신도 모르게 몸을 바짝 움츠리곤 했다. 그때 할아버지는 "네가 나비를 잡겠다고 다니다가 계곡에서 구르는 바람에 온몸을 크게 다쳐 온전한 곳이 없구나. 의원의 말이, 머리까지 다치는 바람에 기억마저 잃었을 거라고 하더구나. 괜찮아. 기억은 천천히 돌아올 게야."라고 말했다. 그래서 그런가 보다, 했을 뿐이었다. 정말로 기억이 하나도 나지 않았으니까. 어떻게 이토록 심하게 다쳤는지조차도.

물론 지금도 다치기 전의 기억은 단 하나도 온전한 것이 없었다. 어딘가를 열심히 뛰어다니거나, 이유는 알 수 없었지만 갑갑한 방에 갇혀 있거나, 길을 잃고 헤맸던 기억. 그것조차 그냥 한 번 스치고 지나간 빛처럼 짧디짧아서 그게 기억의 한 조각인지 아니면 잠들었다가 꾼 꿈속에서 훅 지나간 일인지조차 알 수 없었다.

그 모든 것이 자신 때문이라 생각하니, 자꾸 자책하지 않을 수 없었다. 눈물이 멈추지 않는 것은 그 때문이었다.

"이제 내려가자. 곧 비가 쏟아질 것 같구나."

다시 기억의 숲에서 헤맬 때, 백두 대장이 말했다. 설아는 손등으로 눈물을 훔치고 조용히 일어났다. 그리고 두리번거리다가 저편 한쪽에 피어 있는 하늘매발톱꽃을 뿌리째 뽑아 와 돌무덤 앞을 파헤치고 그곳에 새로 심었다. 할아버지가 좋아하던 꽃이었다.

설아는 말없이 할아버지에게 다시 두 번 절을 하고 까치의 말에 올라탔다. 그러자마자 까치는 이미 저만큼 가 버린 백두 대장을 따라 말의 속도를 높였다. 설아는 까치의 등 뒤에 머리를 대고 가만히 옆구리를 붙잡았다.

산막에 다다랐을 때, 기다렸다는 듯이 빗방울이 떨어지기 시작했다. 까치의 말은 산막 본채 앞에서 멈추었다. 그제야 설아는 까치의 등에서 머리를 떼고 말에서 내렸다.

본채 앞에는 산막 사람들이 이리저리 바쁘게 움직이고 있었다. 몇은 총을 손질하고 또 몇은 물건을 나르고, 또 어떤 사람들은 모여서 이야기를 나누었다. 그들 중에는 낯이 익은 사람도 있었다. 무말랭이라 불리는 중늙은이, 얼굴이 시커먼 수염으로 뒤덮여 있어서 산도적이라 불리는 서른 중반쯤의 아저씨, 까치와 비슷한 또래인데 여자처럼 생겼다고 샌님이라 불리는 청년, 항상 민머리에 회색빛 한복만 입는 이레 스님, 할아버지와 이곳에 들를 때마다 마주친 사람들이었다. 백두 대장은 그들을 한 번 쳐다보더니 설아에게 말했다.

"뒤채에 가서 쉬고 있거라. 필요한 게 있으면 원주댁을 부르고. 너만 괜찮다면 사흘 후에 연길로 가자."

그러고는 백두 대장과 까치는 그들을 향해서 걸어갔다.

바로 그즈음이었다. 백두 대장의 말에 따라 뒤채 쪽으로 건넌 설아는 몰려 있는 사람의 무리를 힐끗 쳐다보았고, 그중에서 아주 눈에 익은 한 사람의 얼굴을 알아차렸다. 그는 다름 아닌, 며칠 전 일본군 병사들과 함께 들이닥쳐 할아버지에게 총을 내놓으라고 윽박지르던 마적단의 하나였다. 족제비 상의 얼굴 긴 그 남자가 무리 지어 이야기하는 사람들 틈에 끼어 있는 게 보였다.

순간, 몸속에서 뜨거운 것이 심장에서부터 치밀어 올랐고 곧바로 온몸으로 알 수 없는 힘이 쭉 뻗쳐 나가는 느낌이 들었다. 동시에 설아는 재빨리 그쪽을 향해 달려갔다. 그리고 막 사람들 틈으로 섞이려는 까치가 어깨에 메고 있던 총을 빼앗아 들었다. 그런 채로 앞으로 더 나아가며 실탄을 장전했고, 그 총구를 족제비 상 남자의 머리를 향해 겨누었다. 자신도 알 수 없는 일이었지만, 설아는 이미 남자를 겨눈 채 방아쇠를 당기기 직전이었다. 그 모든 일이, 눈 깜짝할 사이에 벌어졌다. 일전에도 그랬듯이 머리보다 몸이 먼저 반응했다.

"으헉!"

족제비 상 남자가 기겁하며 뒤로 물러났다. 주위 사람들이 웅성거렸고, 그럼에도 불구하고 설아는 두 눈을 부릅뜨고 한 걸음 더 나아갔다.

"설아야, 이게 무슨 짓이냐?"

백두 대장이 옆으로 다가오면서 말했다.

"저놈이에요. 할아버지의 총을 빼앗아 간 바로 그놈이라고요! 까치 오라버니도 보았단 말이에요."

"아, 아니야! 내가 네 할아버지를 죽인 게 아니야. 대장님!"

남자가 손사래를 치더니, 백두 대장을 향해 소리를 쳤다. 그러자 백두 대장이 앞으로 나섰다.

"그래. 너한테는 말하지 못한 사정이 있단다. 일단 총을 내려놓거라."

그러나 설아는 그럴 마음이 없었다. 그 자리에 있었던 것을 두 눈으로 똑똑히 보았는데, 아니라니! 더 화가 났다. 그때 까치가 나섰다.

"그래. 설아야. 내가 너를 붙잡은 것도 나름 사정이 있었던 거야."

"뭐라고요?"

설아는 까치 오라버니를 쳐다보았다. 그는 난감한 표정을 짓고 있었다. 그때, 백두 대장이 더 가까이 다가와 설아가 쥔 총을 붙잡았다. 그리고는 한쪽으로 끌어당겼다.

백두 대장은 다른 사람들로부터 일정한 거리를 유지한 다음, 낮은 목소리로 말했다.

"저 사람은 우리가 마적단에 심어 놓은 첩자란다. 겉으로는 마적단의 일을 하지만, 일본군과 내통해 우리에게 정보를 전해 주지. 그래서 때로는 오해한다만, 그날 일에 대해서는……. 일단 이야기를 들어 보도록 하자. 그래서 내가 오라고 했다."

설아는 백두 대장이 무슨 말을 하는지 온전히 이해할 수가 없었다. 하지만 그의 간곡한 표정에 하는 수 없이 장전을 풀고 총구를 내렸다. 그러나 총은 굳게 쥐고 있었다. 저편에서 다른 사람들이 힐끔거리고 있었다.

백두 대장은 다시 사람들에게로 다가가 말했다.

"윤길주, 이제 말해 보게. 한마디라도 거짓을 고하면 너도 죽는다. 알겠지? 왜 거기까지 간 것이야?"

백두 대장이 족제비 상 남자, 아니 윤길주를 향해 말했다. 그러자 윤길주는 살짝 상기된 얼굴로 백두 대장의 눈치를 보았다. 그는 설아 쪽을 한 번 힐끗 쳐다보더니 입을 열었다.

"처음엔 방역부대 소속인 사사키 대좌가 호랑이 가죽을 요구했어요. 아마 놈은 그것을 뇌물로 써서 높은 자리에 오르려는 것 같았어요. 속내는 알 수 없었지만, 저는 조금 더 사사키와 친해질 생각으로 구해 보겠다고 했지요. 놈에게서 캐낼 정보가 많을 것 같았습니다. 하지만 대장님도 아시다시피 호랑이 가죽을 어디서 쉽게 구하겠습니까? 그런데 마적단 하나가 민 포수라면 가능할 것이니 그를 찾아가 보자고 했어요. 저는 어떻게든지 민 포수 영감님만큼은 피하려 했어요. 정말이에요. 대장님과 각별한 사이이니 절대 그래서는 안 된다고 생각했지요."

민 포수는 할아버지였다. 그 말을 듣는 순간, 설아는 다시 총을 들 뻔했다.

윤길주가 이어서 말했다.

"그래서 민 포수 영감도 어쩔 수 없을 거라고 말했지요. 정말 말렸단 말입니다. 그런데 마적단 중 하나가 제멋대로 영감님을 찾아갔고, 거절당했어요. 영감님이 말하길 호랑이는 이제 이 천보산은 물론이고 백두산에도 남아 있지 않을 뿐만 아니라, 영물이라며 잡아서는 안 된다고 하셨더랍니다."

"그런데 자네까지 왜 또 찾아간 것이야?"

"사사키란 자가 같이 가자고 했어요. 방법이 있다고요."

"그래서 영감님의 화승총을 빼앗으려 한 것이군요."

까치가 나섰다.

"그래. 포수에게 총이란 건 생명이나 다름없으니까. 그렇게 으름장을 놓으면 마음을 돌릴 줄 알았지. 마침 일본 군부에서는 포수들이 독립군으로 돌아설까 봐 민간인들의 무기 소지를 금지한 상태잖아요. 그런데 영감님이 말을 듣지 않았고……."

윤길주는 까치와 백두 대장을 번갈아 쳐다보며 말했다. 그러더니 잠시 말을 멈추고 설아를 쳐다보았다. 무언가 주저하는 모양새였다. 하지만 그는 곧 결심한 듯 말을 이어 나갔다.

"저 아이가 뛰어들었고, 민 포수가 낫을 들고 설치는 바람에 왜놈 하나가 겁을 먹고 오발 사고를 낸……."

"뭐라고? 네가 지금 설아 탓을 하는 것이냐?"

"그, 그게 아니라 우발적인 사고였단 뜻입니다."

윤길주가 고개를 내저으며 말했다. 그러자 백두 대장은 까치를 쳐다보았다. 무슨 의미인지 까치는 고개를 끄덕였다. 그때까지 설아는 어금니를 꽉 물고 기다렸다. 백두 대장은 깊은숨을 내쉬었다. 미간을 찡그린 채 깊은 생각에 잠겼다.

잠시 후, 백두 대장은 고개를 들어 먼저 설아에게 말했다.

"내 잘못도 있다. 미리 손을 썼어야 했는데……. 할아버지의 총은 어떻게든 찾아 주마. 그러니 지금은 우선 노여움을 풀어라. 이 모든 것이 왜놈들 탓이다. 나라를 잃어 생긴 일이야."

하지만 그 말들을 이해할 수가 없었다. 설아에겐 단지 윤길주를 용서해 주라는 말로 들릴 뿐이었다. 직접 총을 쏘지 않았더라도 할아버지가 목숨을 잃었던 바로 그 자리에 저 윤길주란 놈이 틀림없이 있었는데도 불구하고. 설아는 한참 동안 무어라 대꾸해야 할지 몰랐다.

그때, 백두 대장이 다시 말했다.

"내 말을 믿거라. 네 할아버지의 총은 반드시 찾아 주마."

어조가 간곡하게 들렸다. 설아는 더 이상 무얼 어쩔 수 없음을 직감했다. 그걸 눈치챘는지 백두 대장이 설아가 든 총을 거두려 했다. 하지만 설아는 놓지 않았다. 마음과 다른 행동이었다. 당연히 백두 대장에게 총을 내밀어야 했는데, 또 하나의 자신이 강하게 총을 붙잡고 있었다. 그러자 백두 대장이 말했다.

"네가 지금 들고 있는 그 총은 왜놈에게 빼앗은 거야. 네가 할아버지로부터 화승총 쏘는 법을 배웠다고는 들었지만, 그 총은 화승총과는 다르단다. 그 총을 쏘아 본 적이 있는 게야?"

그 말에 설아는 대답하지 않았다.

잠시 시간이 흘렀다. 그 사이, 설아는 자신도 모르게 사방을 살폈다. 그때, 산막 입구 쪽에서 산비둘기 두 마리가 날아올랐다. 설아는 얼른 총을 들어 산비둘기를 겨냥했다. 숨을 멈추고 놈들을 향해 약간의 시간 차이를 두고 방아쇠를 당겼다.

탕…… 탕!

총성이 울렸다. 저편으로 날아가던 산비둘기 두 마리가 숲으로 툭 떨어졌다. 그것을 확인한 뒤에, 설아는 총을 내려 백두 대장에게 건네주었다. 백두 대장은 놀란 표정으로 얼결에 총을 받아 들었다. 주위 사람들 역시 눈을 크게 뜨고 설아와 백두 대장을 힐끗 살폈다.

그러나 내심 더 놀란 사람은 설아 자신이었다.

'도대체 넌 누구야?'

설아는 늑대에게 쫓길 때도 했던 물음을 자신에게 되풀이했다. 그러나 여전히 답은 나오지 않았다.

추적자

"산에서 살았던 모든 시간을 가슴에 묻고 살거라. 조선 반도에서 왜놈들이 물러가는 날이 오면 그때 다시 만날 수 있을 것이다."

백두 대장은 그렇게 말하고 다시 말에 올랐다. 그런 뒤에도 무언가 더 말하려는 것인지 한동안 설아를 가만히 내려다보았다. 하지만 더 입을 열지는 않고 말머리를 돌렸다. 그러자마자 까치도 말에 올라 뒤를 따랐다.

곧바로 둘은 왔던 길을 향해 빠르게 내달렸다. 설아는 두 사람이 다시 산 위쪽으로 사라질 때까지 오래도록 바라보다가 허리를 깊이 숙여 인사했다.

"참 대단한 분이다. 한때는 평양인가 어디서 이름난 부자였다던데……. 그 집은 하인들도 비단옷을 입었다더라. 그런 분이 온 재산을 다 팔아서 독립운동한다고 여기까지 들어와 저 고생이라지? 까치는 경성에서 의전*을 다니다 왔다던데……."

두 사람이 시야에서 완전히 사라지자 원주댁은 묻지도 않은 말을 했다. 설아는 가만히 듣고만 있었다. 두 사람이 사라진 언덕길에서 눈을 뗄 수가 없었다.

원주댁이 또 한마디 했다.

"하긴 대장님만 그런 것은 아니지. 이 천보산은 말할 것도 없고 봉오동이며 청산리에는 독립운동을 하겠다고 처자식 버리고 조선 팔도에서 건너온 사람들이 수천은 된다더라. 사내들은 물론이고 노인이며 아이들, 아낙네들까지 산속에 들어가 총 들고 싸운다더라."

원주댁은 그렇게 말하고 가만히 서 있는 설아의 팔을 가볍게 잡아끌었다. 그때까지도 설아의 머릿속에는 정말 이제 산으로는 다시 돌아갈 수 없으리란 생각 때문에 공연히 가슴이 쓰렸다. 마치 가슴 속에 찬바람이 드는 기분이랄까. 백두 대장의 말이 그랬다. 산에서 살았던 모든 시간을 가슴에 묻고 살라는 건 결국 할아버지를 잊으라는 것이니까. 그 때문에 설아는 할아버지와 살았

* 의학 전문학교를 줄인 말.

던 초가에 들르지도 못하고 도망치듯 산을 내려온 게 사뭇 후회되었다. 무엇보다 변변한 유품 하나 챙기지 못했으니까. 백두 대장이 한사코 말리긴 했다. 공연히 가슴만 아플 것이니, 그냥 떠나라고.

"자, 어서 가자!"

하는 수 없이 설아는 몸을 돌렸다.

한참 동안 맥없이 원주댁을 따랐다. 온갖 생각에 짓눌린 탓에 걸음이 빠르지 못했다. 다행히 원주댁은 재촉하지 않았다. 앞서 걸으면서도 설아와 대여섯 보 간격을 유지했다. 설아는 한쪽에 길 따라 자란 가문비나무 아래를 말없이 걸었다.

잠깐은 생각을 걷어 내려 했지만, 소용없었다. 물론 할아버지에 대한 생각은 백두 대장의 말 덕분인지 조금은 진정되는 느낌이었다. 하지만 산막에 있던 보름 동안 머릿속을 파고들던 한 가지 생각만은 도무지 물리칠 수가 없었다. 아무리 머리를 흔들어도 새롭고, 또 새로웠다.

달아나긴 했지만 늑대와 싸우던 자신의 모습, 아니 윤길주의 머리통에 장전된 총을 겨누던 그 소녀는 또 누구란 말인가. 몸에 난 상처는 아물고 있는지 몰라도 머리는 점점 더 혼란스럽기만 했다. 생각하고 생각하느라 밤을 꼬박 새우기 일쑤였고, 그러다가 그 답이 산속 어느 곳에 숨어 있을 리 없는데도 새벽이든, 밤이든 산막 주변 숲을 헤매고 다녔다. 그러다가 산막 사람들이 겨눈 총에 맞을 뻔하기도 했다.

더는 안 되겠다, 싶었는지 백두 대장이 쫓아내듯 설아를 말에 태워 내려 보낸 것이었다.

"어째 그러냐? 겁이 나는 게야?"

어느새 옆으로 다가온 원주댁이 물었다. 땅만 보고 걷다가 고개를 들어 보니, 길이 조금 더 넓어져 있었다. 방금 전까지 그늘을 내주던 가문비나무는 사라지고, 한쪽 옆의 산비탈도 보이지 않았다. 양쪽에 누런 땅이 발가벗고 누워 있었다. 설아는 문득 정신을 차리고 원주댁을 쳐다보았지만 대답은 하지 못했다.

그러자 원주댁이 한마디 더했다.

"할아버지 없이 산을 떠나는 것이 아직은 상상이 되지 않을 테지. 당장 내일은 무얼 해야 하나, 싶을 테고……."

원주댁은 마치 설아의 마음속을 훤히 들여다보고 있는 듯했다. 설아는 더 할 말이 없어 그저 맥없이 고개만 끄덕였다.

"나도 그랬단다. 하지만 사람이란, 또 어떻게든 살게 되더라. 내가 태어나고 자란 곳이 강원도 원주란 곳인데, 여기까지 흘러와 살고 있는 걸 보면 말이다. 나도 한때는 고만고만하게 살던 집안의 귀한 딸이었고, 서방 잘 만나 비단 치마도 입어 봤지. 장사꾼 남편을 따라 용정까지 올 때만 해도 내가 저 산막에 살게 될 줄은 몰랐단다. 독립운동이란 것도 난 몰랐고, 그저 내 남편 뺏어간 왜놈들 하나라도 때려잡고 싶은 심정이었지."

"……."

"이제야 조금은 알겠더구나. 나라를 뺏긴다는 게 뭔지 말이다. 그저 높은 양반들 이야기겠지, 했는데 그게 아니더란 말이다. 장사꾼에게도, 촌구석에 사는 농사꾼에게도, 산골에 사는 무지렁이 나무꾼에게도, 하물며 아낙네며 젖먹이한테도 왜놈들이 있을 때와 없을 때가 다르더란 말이다."

원주댁은 마치 신세 한탄 하듯 말을 이어 갔다. 하지만 설아의 머릿속에는 잘 들어오지 않았다. 설아는 한마디도 대꾸하지 못한 채, 보퉁이를 꼭 끌어안고 원주댁의 뒤를 따랐다.

어느새 조금 큰 길이 나오고, 초가와 너와집도 군데군데 나타났다. 끝도 없을 듯한 황무지는 어느덧 야트막한 고갯길과 마주했고, 그 너머로 마을이 보이기 시작했다.

그즈음부터 원주댁의 발걸음이 조금 빨라졌다.

길옆으로 집들이 많아지고 오가는 사람들도 늘어났다. 말을 탄 무리가 앞뒤로 오갔고, 그들을 피해 이리저리 걷다 보니 어디선가는 조선말이, 어느 쪽에서는 중국말이 들렸다. 그런가 했는데 어느새 장터처럼 복잡한 시내에 다다랐다. 꽤 오래전에 할아버지와 몇 번 와 보긴 했지만 아무것도 기억나지 않았다.

길옆으로는 포목점, 밥집, 과일 가게, 쌀집 같은 점포들이 즐비했고, 온갖 색깔의 등롱*을 달아 놓은 주점이 유독 눈에 많이 띄었다. 막 해가 넘어가자 등롱의 불빛이 더 환해졌다. 거리가 낮보다 오히려 화려해진 느낌이 들었다. 2층 혹은 3층짜리 건물도 새로워 보였고, 발에 밟힐 듯 많은 사람이 한꺼번에 끊임없이 오가는 것도 설아에게는 낯설기만 했다.

길 한가운데로 말을 탄 사람들이 자주 지나갔다. 그들 중에는 할아버지 집에서 보았던 마적단 차림의 사내들도 종종 끼어 있어서 설아는 깜짝깜짝 놀랐다. 그 바람에 자신도 모르게 원주댁 옆으로 더 바짝 다가가 팔을 붙잡았다.

원주댁은 진달래빛 등롱이 걸린 주점이 보이자 오른쪽 옆으로 돌았다. 곧이어 양쪽 흙벽돌 담장으로 이어진 골목길이 나왔다. 담이 꽤 높았다. 그 골목을 쭉 걸어 들어가 왼편으로 한 번 더 꺾어진 다음, 멈추었다. 바로 앞에 두툼한 나무를 격자로 덧대어 만든 문이 나왔다. 원주댁은 사방을 두리번거린 다음 그 문을 세 번 두드리고 잠시 멈추었다가 두 번을 더 두드렸다.

잠시 후 문 위쪽의 작은 쪽창이 열렸고, 눈썹이 희끗한 노인이 빼꼼 보였다. 그러더니 다시 닫히고 문이 열렸다.

"오시느라 고생하셨소. 뒤를 쫓는 사람은 없었소?"

"없는 것 같습니다."

노인이 재빨리 문을 닫으며 물었고, 원주댁은 고개를 끄덕였다.

* 가늘게 쪼갠 대나무 살에 종이를 씌운 등.

"그런데 이 아이는……."

"백두 대장님 말로는 아실 거라 하던데, 천보산 민 포수 영감님 손녀입니다."

원주댁은 품속에서 편지 한 장을 꺼내 노인에게 건넸다. 노인은 고개를 끄덕이더니 빠르게 편지를 읽어 내렸다. 그러고는 설아를 향해 말했다.

"네가 설아구나. 장 또치라 한단다. 백두 대장과는 오랜 친구랄까. 직접 독립운동에는 나서지 못해도 오가는 독립투사들을 이따금씩 돕고 있단다. 나도 네 할아버지를 잘 안다. 며칠 동안 이곳에 머물면서 네가 할 일을 찾아보자. 자, 멀리서 왔으니 우선 쉬거라. 위층에 올라가면 방이 하나 있을 텐데 그곳에서 지내면 된다. 잠시 후에 부를 테니 그때 내려와 저녁을 먹자."

설아는 시키는 대로 왼편 쪽 계단을 올랐다. 2층까지 올라와 내려다보니, 1층 한가운데는 둥근 탁자와 여섯 개의 의자가 놓여 있었고, 들어온 문 반대쪽으로는 복도가 이어져 있었다. 왼편에 있는 널따란 창문으로 바깥 풍경이 얼핏 보였다.

설아는 빨간색으로 칠해진 방문을 열고 들어갔다.

사람 서넛이 나란히 누울 만한 넓이였고, 한쪽에 반닫이가 놓여 있었다. 그 옆에 이불 몇 채가 가지런히 쌓여 있었다. 설아는 이불 옆에 털썩 주저앉았다. 반닫이 위쪽에 있는 작은 창밖으로 보름달이 보였다. 설아는 그 달을 한참이나 쳐다보았다. 여기까지 와 있는 자신이 생소하게 느껴졌다. 자꾸만 할아버지가 생각났고, 할아버지의 마지막 말도 떠올랐다.

나비.

무슨 말일까. 설아는 반복적으로 나비를 중얼거리면서 눈을 감았다.

꿈을 꾸었다.

차갑고 널따란 탁자 위에 누워 있었다. 손과 발이 묶여 있고, 움직여 보려 했지만 생각뿐이고 몸은 말을 듣지 않았다. 주위에서는 어른 몇의 목소리가 들리는데 돌아볼 수 없을 만큼 기운이 없었다. 투약, 신경 반응, 전류 자극, 근육량 증강, 들의 단어만 따로따로 들려왔다. 천장에는 눈이 부실 정도로 환한 전등이 켜 있었고, 그 순간 옷을 입지 않았다는 것을 깨달았다. 그런데 이상한 건 부끄러운 생각이 들지 않는다는 것이다. 아니, 그게 아니라도 몸부림칠 만큼의 힘이 조금도 남아 있지 않았다.

얼마나 시간이 지났을까. 몸 곳곳이 따가웠다. 주삿바늘이 살을 찌르고 있었다. 몸속에 무언가가 흘러 들어가는 느낌이 생생했다. 이어 잠깐 사이에 몸이 따뜻해지고, 조금 전과는 달리 주먹이 꽉 쥐어졌다. 그 바람에 벌떡 몸을 일으켰는데…….

순식간에 장면이 바뀌었다.

어느새 설아는 산 위를 향해 달리고 있었다. 혼자가 아니었다.

고만고만한 또래 수십 명과 함께 쉬지 않고 산 위를 달렸다. 너무나 숨이 차서 멈추려 하면 새까만 가죽옷을 입은 누군가 나타나 채찍을 휘두르며 소리를 질렀다. 가끔은 총소리도 들렸다. 멈출 수가 없었다. 넘어지면 기어올랐다. 그 바람에 무릎이 까지고 손바닥에 찢어졌다. 겨우 산꼭대기까지 올라가자 두 명의 남자가 다섯 명에게만 주먹밥을 하나씩 던져 주었다. 설아는 일곱 번째여서 얻어먹지 못했다. 그 바람에 그 옆의 산봉우리를 다시 올라야 했고, 가까스로 네 번째로 꼭대기에 오른 뒤에야 주먹밥을 먹을 수가 있었다. 그런데 먹어도 배가 고팠다. 눈치를 보다가 옆에 있던 아이의 주먹밥까지 강제로 뺏어 먹었는데도 배가 고팠다. 아니 먹을수록 배가 고팠다…….

잠에서 깨어났는데 허기가 졌다. 그 바람에 자신도 모르게 긴 숨을 내쉬었다.

"무슨 잠을 그리 오래 자니? 너무 곤하게 잠을 자길래 깨우지 않았다."

고개를 돌려 보니 원주댁이 옆에 앉아 있었다. 이불이 깔린 자리 위에 누워 있는 것을 보니 원주댁이 눕혀 놓은 듯했다.

"시간이 얼마나 지났어요?"

"꼬박 하루를 잤다. 뭐라도 먹어야 할 것 같아서 깨웠지."

"네."

"괜찮다. 그동안 많이 힘들었을 테니……. 이제 일어나거라. 뭐

좀 먹어야지. 여기서 조금만 나가면 좋은 음식점이 있어. 거길 가 보자."

"네?"

"답답할 거 같아서 하는 말이다. 당분간 이곳에서 지내야 하니까, 주변 길도 알아 두면 좋고."

그런가보다 하고 설아는 일어나 앉아 대충 옷을 추슬렀다. 허기 때문인지 다리가 후들거렸다. 어지럼증이 몰려왔지만, 어금니를 물고 벌떡 일어났다.

설아는 원주댁을 따라 집 밖으로 나와 거리를 걸었다.

어느새 날이 어두워지고 있었다. 어제 도착할 무렵의 시간이었다. 어제도 그랬듯 곳곳에 불을 밝힌 등롱이 눈에 들어왔다 어떤 곳은 3층 전체가 붉은색 등롱으로 휘황찬란하게 빛나고 있었다. 그러나 그보다 설아의 눈에 띈 것은 알록달록한 꽃신이었다.

길 한가운데에 수백 개의 꽃신을 널어놓고 파는 장사치 앞에서 설아는 자신도 모르게 걸음을 멈추었다. 지난해 가을, 이곳에 왔다가 할아버지가 사 준 꽃신이 생각났다. 산에서 그런 걸 신을 일이 있겠느냐며 설아는 마다했지만, 그래도 할아버지는 계집애가 이런 꽃신 하나쯤은 있어야 한다며 진달래와 나비가 그려진 꽃신을 사 주었다. 설아는 무덤덤한 척했지만, 기분이 좋았다. 비록 산에서는 앞마당을 거닐 때만 몇 번 신어 보았지만 툭하면 꺼내 쓰다듬고 품에 안아 보기도 했다.

"산에서 선머슴애처럼 자랐지만 너도 천상 여자아이로구나."

원주댁이 미소를 지으며 말했다. 그러고는 슬쩍 팔을 잡아당겼다.

"어서 가자꾸나."

하는 수 없이 설아는 원주댁을 따라 걸었다. 고개를 돌려보니 '萬里長城(만리장성)'이라 쓰인 간판이 걸려 있는 높은 건물이 보였다. 주점인 듯 입구에 치파오*를 입은 여인들 몇이 호객행위를 하고 있었다. 유독 그쪽에서 큰 웃음소리가 들려왔다. 그 건물을 지나 허름한 식당 한곳에 멈추었다. 입구 위 나무판 위에 '江湖 張飛牛肉(강호 장비우육)'이라는 글자가 검고 진하게 쓰여 있었다.

식당 안에도 등롱이 여기저기 걸려 있었고, 기둥은 붉게 칠해져 있었다. 화려하면서도 왠지 난잡하다는 생각이 들었다. 2층에도 방이 몇 개 보였는데, 사람들이 계단을 오르내릴 때마다 삐걱거리는 소리가 크게 들렸다. 열댓 개쯤 되는 식탁 절반에 벌써 손님들이 앉아 웅성거렸고 고기 냄새가 진동했다. 순간 허기가 더 심해졌다.

설아는 원주댁을 따라 2층으로 오르는 계단 아래에 자리 잡고 앉았다. 곧바로 종업원이 달려왔다. 원주댁은 종업원과 중국말

* 한쪽 다리 부분이 트인 중국 여성의 전통 의상.

로 몇 마디 나누었다. 그러더니 설아에게 만두가 괜찮냐고 물었다. 그래서 설아는 고개를 끄덕였다. 곧바로 원주댁이 중국말로 만두와 고기를 시켰다. 그러자 종업원은 호로병처럼 생긴 물병과 푸른빛이 감도는 물잔을 내려놓고 주방 쪽으로 사라졌다.

다시 이상한 생각이 들었다. 온전하지는 않아도, 어떻게 자신이 중국말을 알아듣고 있는지 알 수 없었다. 한 번도 배운 적이 없었고, 한자라고는 할아버지가 가르쳐 준 것이 전부였다. 그 바람에 설아는 고개를 갸웃거릴 수밖에 없었다.

잠시 후 원주댁이 사방을 휘둘러보더니 입을 열었다.

"이런 곳엔 처음이겠구나? 그래, 사람들은 이렇게 산단다. 왜놈들 아니었으면 나도, 그리고 너도 이렇게 살았을 게다."

원주댁이 고기를 먹는 사람들을 두루 살피며 말했다. 설아는 그저 고개를 끄덕이긴 했지만, 그게 무슨 말인지는 알 수 없었다. 태어날 때부터 산에서만 살아온 자신에게 '이렇게 사는 것'이 어떤 것인지 알 수 없었으므로. 그래서 설아는 그저 듣는 둥 마는 둥 하면서, 원주댁처럼 식당 안을 휘둘러보았다. 창밖으로 지나는 사람들도 살폈다. 그러나 그뿐이었다. 여전히 머릿속에서는 할아버지와 살던 때의 장면들만 떠올랐다. 할아버지가 살아 있었더라면, 이 시간쯤에는 호롱불을 켜고 바느질을 하거나 소학을 읽거나…….

설아는 얼른 머리를 저었다. 자신도 모르게 끼어든 할아버지 생각을 끊어 내기 위해서였다. 그때 문득 원주댁이 일어났다.

"아이쿠! 내 정신 좀 보게. 포목점에 옷감을 끊어 놓는다는 걸 깜빡했구나. 네 옷을 새로 지어 주라고 백두 대장님이 말씀하셨는데."

"네? 옷이라니요?"

"산에서 입던 그 옷을 입고 다닐 수는 없지 않겠니?"

그 말에 설아는 새삼 자신의 옷차림새를 살폈다. 아래는 무명천을 두 겹 덧대어 바지 꼴을 만들어 입고 그 위에는 검정 치마를 둘렀다. 위에는 저고리 위에 솜을 누벼 만든 잿빛 조끼를 덧대었는데, 그러고 보니 주변 사람들 차림새에 비해서 후줄근하긴 했다. 그 바람에 설아는 더 무어라 말을 하지 못했다.

"내가 금방 다녀올 테니 음식이 나오면 먹고 있으려무나. 일각* 도 안 걸릴 만큼 가까운 거리니 후딱 다녀오마."

얼결에 되묻자 원주댁은 안심하라는 듯 설아를 향해 허공을 다독이는 시늉을 해 보였다. 그 바람에 설아는 어쩔 수 없이 더 무어라 말을 못 하고 엉거주춤 일어났다가 다시 앉았다. 그새 원주댁은 서둘러 들어왔던 문으로 나갔다.

그 순간부터 왠지 모르게 초조해졌다. 원주댁이 나간 문을 자꾸만 쳐다보았다. 산에 있을 때는 집이든 숲이든 혼자 있어도 불

* 약 15분 정도.

안한 적이 없었다. 어쩌면 처음 와 보는 곳에 혼자 남아 그런지도 모른다는 생각이 들었다. 하긴 산은, 낯선 사람이 들지 않는 한 그 모습 그대로였고, 계절에 따라 꽃과 제각각 이파리가 피고 지는 일뿐이었다. 그런데 이곳은 지나는 사람마다 다르고 하나같이 낯설기만 해서 도무지 마음을 놓을 수가 없었다.

그래서 설아는 억지로 "사람이란, 또 어떻게든 살게 된단다."라고 하던 원주댁의 말도 떠올렸다. 공연한 걱정이라고 설아는 자신을 다독였다.

하지만 불안감은 단지 그 때문만이 아니었다. 겨우 두근거리는 가슴을 진정시키고 물을 한 잔 따라 마신 참이었다. 그즈음, 식당의 문이 열리고 누군가 들어섰는데, 설아는 깜짝 놀라고 말았다. 그 바람에 물잔이 옆으로 넘어졌다. 겨우 물잔을 바로 세우고 다시 쳐다보았다. 그는 다름 아닌 검은색 가죽옷을 입은 남자, 할아버지의 숨이 끊어질 때 그 자리에 서 있던, 설아를 뚫어지게 쳐다보고 돌아섰던 바로 그 남자였다. 놈의 이름이 사사키라고 했던가?

헉!

설아는 놀라서 숨을 멈추고 말았다. 뒤미처 놈과 눈이 마주치는 순간, 피가 멎고 온몸이 딱딱하게 굳어 버리는 느낌이었다. 아랫입술을 너무 세게 깨물어서 피 맛이 입안에 돌았다.

'할아버지를 죽인 원수!'

자신도 모르게 중얼거렸다. 하지만 그럼에도 불구하고 설아는 놈을 노려본 채 그 이상은 아무것도 할 수 없었다. 온몸을 파르르 떨며 놈이 다가오는 것을 지켜볼 수밖에 없었다. 손에 칼 한 자루 쥐어져 있지 않은 게 한이라면 한이었다. 설아는 뻣뻣한 몸을 움직여 겨우 호로병을 손으로 꽉 움켜쥐었다.

그러거나 말거나 사사키는 설아에게서 시선을 떼지 않고 빠르지도 느리지도 않게 다가왔다. 입가에는 알 수 없는 미소를 짓고 있었다. 그 모습이 더 섬뜩했다.

바로 그때, 머릿속의 누군가가 다급히 말했다.

'달아나야 해!'

스스로를 지키라는 말로 들렸다. 싸워서 이길 만한 상대가 아님을 머릿속의 또 다른 누군가 먼저 깨닫고 해 준 말이었다. 하지만 설아는 다리가 후들거려서 움직일 수가 없었다. 놈이 다가와 맞은편에 앉을 때까지 얼어붙은 몸은 풀리지 않았다.

결국 놈은 방금 전까지 원주댁이 있던 자리에 앉았다. 빳빳한 팔자 콧수염, 왼쪽 이마의 새끼손톱만 한 붉은 반점까지 상세하게 보였다. 그래서 더 역겨웠는지도 모른다. 설아는 갑작스레 구토가 치밀어 오르는 듯했지만 가까스로 참았다.

"혹시나 했는데, 틀림없구나. 다시 한번 확인하기를 잘했지. 네 그 붉은 머리칼이 아니었으면, 못 알아볼 뻔했어. 그새 많이 컸구나."

일본말이었다. 그 말이 하나도 막힘없이 귓속에 들어와 박혔다. 아니, 지금은 그게 중요한 게 아니었다. 사사키의 말을 듣는 순간 설아는 할아버지가 세상을 떠난 뒤로 머리카락에 전혀 신경 쓰지 못했다는 사실을 깨달았다. 할아버지가 살아계셨을 때는, 머리카락의 붉은빛이 밖으로 내비치기 전에 수도 없이 푸른 깻잎과 호두 껍데기 삶은 물로 머리를 감았었는데. 아니, 그건 그렇다고 쳐도 놈의 말이 이해되지 않았다. 마치 설아를 잘 알고 있다는 어투가 아닌가. 물론 설아는 대꾸할 수 없어서 놈을 노려보기만 했다.

"그 푸른빛이 도는 눈빛도 여전하고……. 그래, 게다가 넌 누구보다 뛰어난 아이였어. 어떻게 너를 잊을 수 있겠느냐?"

사사키가 묘한 미소를 지어 보였다. 그러나 설아는 그 모습이 역겨워 토할 것만 같았다. 놈이 더 말을 이어 나갔다.

"어릴 때의 기억을 모두 잃었다고 하더구나. 하지만 분명한 건, 지금 넌 이곳에 있을 사람이 아니란 거야."

"무슨 말이에요? 나까지 죽일 셈이에요?"

듣고만 있던 설아는 자신도 모르게 소리를 높여 물었다.

"쉿! 소리를 낮추거라. 듣는 사람이 많다. 죽이려면 벌써 죽였겠지. 너 하나쯤이야……."

"뭐, 뭐라고요?"

"다시 한번 말하지만, 지금 네가 있을 곳은 여기가 아니다. 너는 대일본제국을 위해서 할 일이 많은 아이란다. 아무 말 하지 말고 따르거라. 절대 소란 피우지 말고."

비웃고 무시하는 듯하다가 나중에는 사뭇 명령조였다. 그런데 놈의 이야기를 들을수록 목소리가 결코 낯설지 않다는 것이 이상했다. 어디선가 수도 없이 들어 본 듯한 목소리랄까. 설아는 혼란스러웠다.

바로 그때였다.

사사키가 매서운 눈초리로 한마디 더 했다.

"넌 내가 시키는 일만 하면 되는 거야."

사사키의 눈빛이 점점 더 싸늘해지고 있었다. 조금 전과는 달리 굶주린 맹수의 그것처럼 차고 날카로웠다. 살기가 느껴진달까. 등골이 오싹해졌다. 그걸 깨닫는 순간, 알 수 없는 기억이 머릿속을 휘저었다. 채찍, 몽둥이와 고함, 찢어질 듯한 비명, 온몸의 상처, 그뿐만 아니라 바로 오늘 꿈에서 보았던 차가운 탁자와 놈의 꿈틀거리는 콧수염……. 그러자마자 머릿속의 누군가가 매우 다급하게 소리쳤다.

'달아나야 해!'

그와 함께 설아는 손에 쥐고 있던 물병으로 사사키의 머리를 내리쳤다. 퍽, 하는 소리와 함께 놈이 옆으로 나자빠지고, 동시에 설아는 일어나 뒤쪽의 2층 계단으로 뛰어올랐다.

"잡아!"

사람들의 놀라는 소리가 들리는 듯하더니 사사키의 목소리가 뒤에서 들렸다. 그러거나 말거나 한달음에 2층까지 오른 설아는 재빨리 첫 번째 방으로 뛰어들었다. 다행히 빈방이었다. 설아는 널따란 탁자를 끌어다가 문을 막아 놓고 창문으로 다가갔다.

창문을 열고 보니 난간이 없었다. 그냥 아래로 뛰어내려야 했다. 재빨리 주변을 살폈다. 마침 우마차가 한 대 지나가고 있었다. 설아는 생각할 것도 없이 포대가 쌓여 있는 우마차 위로 훌쩍 뛰어내렸다. 포대에 무엇이 들었는지 충격이 크지 않았다. 마차를 몰던 노인이 뒤를 돌아보고 놀랐지만 설아는 개의치 않고 얼른 마차에서 뛰어내려 큰길을 달렸다.

그러나 얼마 가지 않아 사사키가 뒤쫓아왔다. 그는 매우 빠르고 민첩해서 설아가 길 한가운데서 동냥하는 노인과 부딪쳐 멈칫하는 동안 순식간에 거리를 좁혀 따라왔다. 설아는 말을 훔쳐 타고 지나는 사람들 셋을 피해 오른쪽 길로 꺾었다. 순식간에 인력거 한 대가 훅 지나가는 바람에 부딪힐 뻔했고, 몸이 휘청거렸다. 겨우 몸을 추스르고 달렸지만, 사사키와의 거리는 더 가까워져 있었다.

게다가 그때, 설아는 자신을 쫓는 사람이 하나가 아님을 알아차렸다. 언제 나타났는지 일본군 병사 둘도 함께 총을 들고 따라오고 있었다. 설아는 안 되겠다 싶어 골목으로 얼른 들어가 흙벽돌 담장을 타고 올랐다. 그리고 담장을 따라 한참 달리다가 기와집 지붕 위로 뛰었다.

순간 한 발의 총성이 들렸다.

탕!

동시에 발 앞의 기왓장 하나가 퍼퍽, 소리를 내며 튀어 올랐다. 설아는 다시 골목으로 뛰어내렸다.

"반대편 골목이다. 반드시 잡아야 해! 흩어져서 찾아!"

외침 소리와 함께 이쪽으로 후다닥 움직이는 소리가 들렸다.

설아는 일단 보이는 대로 골목을 달렸다. 그러다가 무작정 문이 열린 집 안으로 들어갔다. 어둑한 방 안에서 차를 마시고 있던 사람들이 놀라서 벌떡 일어났지만, 설아는 무시하고 반대편 창을 타 넘어 다시 밖으로 나갔다. 어떻게든 놈들을 피해야 한다는 생각뿐이었다.

그런데 창을 넘어서자마자 일본군 병사가 골목 저편 끝에 서 있었다.

"오이, 도마레! 우코쿠나! (어이, 멈춰! 꼼짝 마!)"

일본군 병사는 소리를 치며 총을 조준했다. 그러나 설아는 무시하고 골목을 뛰어 재빨리 모퉁이를 돌았다. 동시에 총소리가 들리더니 귓가를 스쳤다. 골목길이 어둑해서 제대로 조준하기 힘든 모양이었다. 놈은 무어라 또 소리를 치며 따라왔다. 그리고 연이어 두 발의 총소리가 더 들렸고, 총알은 발아래서 튀었다. 설아는 골목길 모퉁이를 일부러 이리저리 오가며 빠져나갔다. 여기저기서 발자국 소리가 요란하게 들렸다.

붉은색 벽돌담을 막 돌아서려는데, 누군가와 부딪치고 말았다.

"헉!"

하필이면 일본군 병사였다.

설아도 놀랐고, 반대편으로 쓰러진 놈도 놀란 듯했다. 놈은 설아를 알아본 듯 재빨리 일어나 총을 집어 들었다. 하지만 설아가 한발 빨랐다. 땅바닥을 훑어 손에 잡힌 돌멩이를 던졌다. 돌멩이는 놈의 이마에 정통으로 맞았고, 비명을 질렀다. 그와 동시에 설아는 재빨리 일어나 놈을 향해 몸을 날렸다. 생각할 겨를도 없이 놈의 옆구리를 걷어차고 저편에 떨어져 있는 총을 집어 들었다. 그리고 놈의 머리를 향해 겨누었다.

"오네가이, 다스케테!(부탁이야, 살려 줘!)"

겁에 질린 일본군 병사가 소리쳤다. 달빛에 비친 놈의 얼굴이 새하얗게 질려 있었다. 그 때문이었을까. 설아는 이미 장전된 총의 방아쇠를 선뜻 당기지 못했다. 머릿속의 누군가는 재촉했다.

'쏴! 쏘란 말야!'

하지만 설아는 차마 방아쇠를 당기지 못했다. 그때, 저편에서 소리가 들렸다.

"빨리 찾아! 놓치면 안 돼!"

동시에 발자국 소리가 가까워졌다. 설아는 총을 거꾸로 들어 개머리판으로 놈의 머리를 내리쳤다. 놈은 정신을 잃었고, 설아는 재빨리 다시 뛰었다.

골목길을 한참 동안 이리저리 돌아서 큰길로 나섰다.

뒤를 돌아보았다. 그쯤에는 사사키도 일본군 병사들도 보이지 않았다. 오가는 사람들에 묻혀서 그런 건지도 몰랐다.

휴우!

설아는 우선 안도의 숨을 내쉬었다. 그리고 남의 집 담장 아래서 한참을 더 두리번거리다가 한 방향으로 걷기 시작했다. 지나는 사람들 틈새로 이곳저곳을 살피며 부지런히 걸었다. 하지만 어느 순간, 멈추어야 했다. 어디로 가야 할지 방향을 잃고 말았다. 지금 이곳에서는 또치 할아버지 집으로 가는 방향도, 장비우육으로 돌아가는 길도 알 수 없었다.

설아는 온몸에 기운이 쭉 빠졌다. 다리가 후들거렸다. 하는 수 없이 이미 문을 닫은 상점 앞에 풀썩 주저앉았다.

'아, 이번엔 또 무슨 일이 일어난 걸까?'

자신이 아닌 또 다른 누군가가 자신을 움직였고, 달아났으며 심지어 일본군 병사에게 총을 쏠 뻔했다. 아니, 알 수 없는 것은 그뿐만이 아니었다. 사사키의 말이 머릿속에 울렸다. 무엇보다 놈은 설아가 붉은 머리라는 것을 알고 있었다. 할아버지 외에는 아무도 몰랐던 사실을. 그것을 감추기 위해서 보름이 멀다 하고 할아버지가 머리칼을 염색해 주었는데, 놈은 이전부터 머리칼이 붉었다는 것을 어떻게 알았을까. 그보다 더 어이없는 말은 따로 있었다.

'내가 있을 자리가 여기가 아니라고? 대일본제국을 위해서 일해야 한다고?'

무슨 말일까. 설아는 갑자기 머리가 아팠다. 그 바람에 한참이나 그 자리에서 일어날 수가 없었다. 심장이 두근거리고 온몸이 화끈거렸다.

겨우 몸을 추스른 것은, 북적거리던 거리가 조금씩 한산해질 무렵이었다.

거리를 알록달록하게 빛내던 등롱들이 하나둘씩 꺼져 갔다. 그 바람에 화려했던 거리는 점차 어두워졌다. 설아는 일단 조금 전까지 가고 있던 길 방향으로 걸었다. 얼마 지나지 않아 낯익은 간판이 보였다. 만리장성이라 쓰인 3층짜리 건물이었다. 결국 달아나며 골목을 돌고 돌아 제자리로 돌아온 것이었다. 하지만 설아는 오히려 잘되었다고 생각했다.

그 건물을 본 순간, 설아는 다시 방향을 가늠했다. 이제야 알 것 같았다. 설아는 허기진 배를 부여잡고 기억을 더듬어 또치 할아버지 집으로 향했다. 다행히 더 이상 뒤를 쫓는 사람은 없는 것 같았다. 내친김에 뛰듯이 아까 왔던 길을 되돌아갔다. 여전히 온갖 생각이 머리를 어지럽혔지만, 우선은 빨리 돌아가야 했다. 지금은 갈 곳이 그곳뿐이었고, 원주댁을 만나야 했다.

그리고 마침내 얼마 지나지 않아 진달래 빛 등롱이 내걸린 주점이 눈에 들어왔다. 그 주점을 옆으로 돌아 골목길로 들어섰던 기억이 났다. 하지만 그걸 확인하는 순간, 설아는 다시 걸음을 멈추어야 했다. 바로 그 길모퉁이에 사사키가 서성거리고 있었기 때문이다.

'헉!'

설아는 건너편 상점 담벼락 아래로 몸을 숨겼다. 그리고 사사키를 지켜보았다. 하지만 놈은 그 자리에서 오랫동안 떠나지 않았다. 그 사이 일본군 병사 한둘이 그와 무슨 이야기를 나누기도 했다.

'도대체 놈이 왜 또 나타난 것일까.'

아니, 그보다 이제 어디로 가야 할지 막막했다. 빨리 판단을 내려야 했지만, 허기와 조급증이 밀려와서 이러지도 저러지도 못한 채 발만 동동 굴렀다.

겨울의 나비

천보산으로 가는 방향을 더듬어 내는 일은 어렵지 않았다. 설아는 북쪽을 향해 걷고 또 걸었다. 연길을 벗어나기 전에 주점에서 내다 버린 음식 쓰레기를 주워 먹고, 산 아래 이른 다음에는 계곡에서 물고기를 잡아먹었다. 물론 그 역시 낯익은 자신의 모습은 아니었다.

어느새 그런 일이 당연한 듯 서슴없이 무엇으로든 배를 채우는 자신이 신기하기만 했다. 당장은 검은 가죽옷의 남자로부터 달아나야 했기에 정신을 바짝 차려야 했으니 그랬을 것이라고 자신을 설득했다. 또 그러기 위해서는 어떻게든 허기진 배를 채워야 했기 때문이라고. 하지만 위험한 순간마다 그 고비를 넘기는 자신이 의아하기 이를 데 없었다.

어찌 되었든 천보산으로 들어섰다. 그러자마자 마음이 편안해졌다. 그 바람에 천보산 기슭에는 하루 만에 다다를 수 있었다.

해가 진 뒤에도 걷고 또 걷다가 설아는 번개를 맞아 부러진 커다란 나무 아래서 밤을 지샜다. 군데군데 지난겨울에 떨어진 낙엽을 긁어모아 바닥에 깔고 또 몸 위에 덮으니 잠깐 동안이나마 잠은 잘 수 있을 것 같았다.

하지만 새벽까지 또 알 수 없는 악몽에 시달렸고, 결국 설아는 채 날이 밝기도 전에 다시 산을 올랐다. 그리고 마침내 산조팝나무가 무리 지어 피어 있는 언덕에 다다랐다. 어딘지 알 것 같았다. 병풍마을 쪽으로 가려면 산조팝나무 군락지 왼쪽으로 돌아야 했고, 오른편으로 돌면 백두 대장이 있는 산막 쪽으로 가는 길이었다. 설아는 잠시 머뭇거렸다. 얼른 백두 대장을 만나 도움을 청해야 할 것도 같았고, 할아버지가 세상을 떠난 뒤로 가 보지 못한 집을 한 번쯤은 들러야 할 것 같은 생각도 들었다.

하지만 오래 고민하지는 않았다. 설아는 일단 병풍마을 쪽으로 방향을 잡았다. 그렇게 결정하고 걸음을 떼자 마음이 급해졌다. 설아는 누가 쫓기라도 하는 듯 잰걸음을 놀렸다. 낯익은 숲이 펼쳐졌다. 할아버지와 사냥하며 뛰어다니던 골짜기, 약초를 캐러 다닌 언덕이 눈에 들어왔다. 그러자마자 가슴이 두근거렸다. 눈물이 나올 것도 같았다. 설아는 더 빨리 걸었다.

병풍마을이 내려다보이는 소나무 숲에서 잠시 멈추었다. 멀리 할아버지의 집이 보이자 부지런히 달려갔다.

'할아버지!'

차마 소리는 내지 못하고 사립문 안으로 들어서며 입속으로만 중얼거렸다.

집안은 할아버지와 살 때와 다를 바 없었다. 너무나 똑같아서 당장이라도 할아버지가 문을 열고 나올 것 같았다. 아니, 방문 안에서, "이 녀석아, 어딜 다녀온 게야?"라는 말이 들리는 듯도 했다. 하지만 아무도 나오지 않았고, 작은 기척조차 없었다. 담장 너머 어디선가 새소리만 크고 작게 들려올 뿐이었다.

설아는 그 자리에 주저앉고 싶었지만 억지로 참았다. 찬찬히 걸어서 할아버지 방의 문을 열었다. 방 안 역시 그대로였다. 두어 달 전에 잡은 은여우의 가죽을 벗겨 손질하던 할아버지의 모습이 환영처럼 나타났다가 사라졌다. 방바닥에는 은여우 가죽만 덩그러니 놓여 있었다. 다시 한번 가슴 깊은 곳에서 무언가 뜨거운 것이 치솟아 오르려 했다. 그 바람에 설아는 얼른 밖으로 나왔다.

마당을 한참이나 서성거렸다. 어찌할 바를 모르고 섰다가 설아는 부엌으로 들어갔다. 할아버지 밥그릇을 만져 보고 자신이 매일 닦았던 가마솥도 손으로 쓸어 보았다. 그리고 부엌 뒷문으로 나가 창고로 쓰던 숫간*으로 들어갔다. 할아버지가 잡은 짐승의 가죽, 덫과 올무, 도롱이**가 어지럽게 널려 있었다. 설아는 그것들을 하나하나 쳐다보았다. 평소에는 을씨년스러워서 잘 드나들지 않던 곳이었다. 하지만 오늘만은 할아버지가 쓰던 물건들을 하나하나 만져 보았다.

그런데 어느 때쯤이었을까. 막 떠오른 햇살이 창을 통해 숫간 안으로 스며들었는데, 하필이면 한쪽 구석을 비추었고, 그 벽에 나비 문양이 있었다.

가까이 다가가 보니 할아버지가 무언가 뾰족한 것을 불에 달구어 그려 놓은 것 같았다. 날개 모양의 자국이 깊은 것으로 보아 오래도록 지워지지 않게 하려던 것임이 틀림없었다.

그리고 그 순간, 할아버지의 마지막 말이 생각났다.

나비……. 주위를 살펴보았다. 나비 그림 아래에는 지난겨울 땔감으로 쓰다 남은 장작이 쌓여 있었다. 설아는 부리나케 장작을 한쪽으로 쓸어내렸다. 그리고 바닥을 헤치고 보니, 기다란 궤짝 하나가 나왔다. 설아는 얼른 궤짝을 들추어냈다.

궤짝을 열자마자 가장 먼저 곱게 접힌 한지 한 장이 눈에 띄었다. 설아는 얼른 그것을 펴들었다. 언문으로 쓰인 글씨였다.

* 몸채 뒤에 작게 지은 광이나 창고.

** 짚 따위로 엮어 허리나 어깨에 걸치는 비옷.

끝까지 네 손에 닿지 않기를 바라지만,

이 편지를 읽고 있다면 아마 할애비는 네 곁에 없을 것이다.

무슨 일이 생겼더라도

그것은 너와 내가 잘못하여 생긴 일이 아니니,

어떤 경우라도 너는 이 할애비의 손녀임을 잊지 말거라.

그리고 지금 네가 보고 있는 모든 물건이 네 것이다.

갑자기 가슴이 쿵쾅거렸다. 설아는 여러 번 숨을 몰아쉬고 궤짝 안에 들어 있는 물건을 살폈다. 무엇보다 짐승의 가죽으로 돌돌 말아 놓은……. 그건 한눈에 보아도 총이었다. 설아는 재빨리 가죽을 벗겨 냈다. 아니나 다를까. 이곳저곳에 상처가 있었지만 몸체가 제법 매끈한 소총이었다. 그리고 확실히 알 수는 없었지만, 까치가 쓰고 메고 다니던 총과 흡사했다. 까치는 틀림없이 일본군에게 빼앗은 총이라고 했는데?

설아는 총을 이리저리 둘러보았다. 나비는 그 총에도 새겨져 있었다. 개머리판 한쪽에 쇠로 된 나비 모양의 장식이 붙어 있었다.

하아!

숨이 거칠게 뛰기 시작했다. 궤짝을 더 뒤졌다. 광목천으로 감싼 탄띠가 나왔고, 탄띠에는 못해도 수십 발은 더 되는 탄알이 촘촘하게 붙어 있었다. 그리고 그 옆에는 쇳덩이로 만들어진 족쇄가 놓여 있었다. 이런 게 왜 여기에 있을까, 싶어서 이리저리 살펴보았다. 족쇄의 한쪽에 낯선 숫자가 쓰여 있었다.

733-W1125.

이 숫자는 무엇일까? 이런 게 왜 여기에 담겨 있으며, 이것들이 모두 설아 자신의 것이라니? 이해가 되지 않았다. 머릿속에 온갖 생각들이 떠돌았다.

'할아버지는 왜 이런 것을 숨겨 두었을까. 아니, 그보다 처음 보는 이 물건들이 내 것이라고?'

설아는 털썩 주저앉았다. 너무나 혼란스러웠다. 할아버지의 죽음부터 시작되어 엊그제까지 이어진 이 모든 일들이 도대체 무엇을 의미하는지 알 수가 없었다. 설아는 가만히 앉아서 이러지도 저러지도 못한 채 눈앞에 놓인 물건들만 맥없이 내려다보았다.

그때 또 하나의 생각이 스쳤다. 할아버지한테 왜 어릴 때 기억이 나지 않느냐고 물으면, 할아버지는 "네가 나비를 잡으려다가 절벽에서 떨어지는 바람에 크게 다쳤지. 그때 기억을 잃었어."라고 했다. 분명히 겨울이라고 했는데, 나비라니? 이제야 할아버지가 그렇게 말한 이유를 알 것 같았다. 전해 주고 싶지 않았지만, 언젠가 있을지도 모를 일을 대비하고 있었던 것이다.

하아!

다시 한번 숨을 크게 내쉬었다. 그럴수록 설아는 자신이 어떤 사람인지 더 궁금해졌다.

'도대체 나는 누구일까?'

설아는 머리가 너무 아팠다. 늑대를 만나 싸우고 달아나던 날 이후, 자신도 모르는 누군가가 몸속에 들어와 있는 느낌만으로도 버거웠다. 그런데 이제는 검은색 가죽옷의 남자가 나타나 자신에게 '대일본제국을 위해서 할 일이 많은 아이'라고 했다. 그게 무슨 말도 안 되는 소리냐며 무시하려 했는데, 할아버지는 일본군 소총의 주인이 설아 자신이라는 편지를 남겼다.

'설마?'

설아는 고개를 저었다. 그럴 리 없었다. 열여섯 살이 되도록 할아버지와 산에서만 지냈는데, 어떻게?

설아는 스스로 아무런 대답도 내놓지 못했다. 온갖 생각이 머릿속을 떠돌았지만 그럴수록 도리어 알 수 없는 의문만 더 늘어났다.

'그럼 할아버지는 왜 오랫동안 이것을 숨겨 두었을까? 아니, 이 일본군 소총이 정말 내 것이라고?'

질문을 거듭할수록 검은색 가죽옷의 말이 자꾸만 겹쳐졌다. 그럴 때마다 설아는 고개를 세차게 가로저었다.

'어떻게 해야 하지?'

문득 백두 대장이 떠올랐다. 그라면 조금이라도 자신에 대해서 알지 모른다는 생각이 들었다.

설아는 한참 만에 일어났다. 그리고 할아버지가 남긴 은여우 가죽과 총, 탄띠를 챙겨 집을 나섰다. 그리고 산막으로 향하는 길로 들어섰다.

소나무 숲을 지나고, 하늘매발톱과 온갖 키 작은 꽃들이 흐드러지게 핀 야트막한 언덕을 따라 올랐다. 그리고 이어 자작나무 숲을 가로질렀다. 봄바람이 엊그제보다 찼다. 마음이 좋지 않아서 그렇게 느끼는 것이라고 다독거려 보았지만 그래도 자꾸만 어금니를 물어야 했다.

길을 갈수록 가팔라지고 숨이 찼지만 멈추지 않았다. 그보다 마음이 급했다. 설아는 쉬지 않고 걸어 산막으로 오르는 굽잇길에 들어섰다.

그즈음이었다. 저편 앞 수풀 사이로 움직이는 그림자가 보였다. 커다란 느릅나무 아래에서 한 아낙네가 앞쪽을 초조하게 지켜보며 발을 동동 구르고 있었다. 가만히 살펴보니, 뜻밖에도 원주댁이었다. 설아는 반가운 마음에 조금 더 앞으로 나섰다.

그런데 원주댁은 무얼 하고 있는 것인지 입으로 이상한 소리를 냈다. 그러자 잠깐 사이, 어디선가 산비둘기가 날아왔다. 그러자마자 원주댁은 산비둘기 다리에 무언가를 묶고는 다시 날려 보냈다. 설아는 무슨 일인지 알 수 없어서 잠시 기다렸다. 그리고 사방을 살폈다. 그때 또 이상한 그림자를 발견했다. 원주댁이 숨어 있는 곳 앞쪽으로 황색의 그림자 여럿이 수풀 사이로 움직이고 있었다.

아!

설아는 우뚝 멈추어 섰다. 일본군 병사들이 틀림없었다. 그리고 그들이 향하고 있는 방향은 산막 쪽이었다. 산막 사람들을 노리고 있는 게 분명했다.

설아는 자신도 모르게 주먹을 꼭 쥐었다.

'할아버지를 죽인 원수들이야!'

설아는 잠시 생각했다. 그리고 주위를 두리번거렸다. 오른편 위쪽으로 바위가 하나 비죽 솟아 있는 것이 보였다. 설아는 가던 방향을 바꾸어 그쪽으로 오르기 시작했다. 경사가 더 가파르고 잡풀들이 많아 걷기가 만만치 않았다. 두 번이나 미끄러졌고, 자칫하면 아래로 구를 뻔했다. 하지만 설아는 악착같이 일어나 마치 손바닥 모양을 한 바위까지 다다랐다.

바위 꼭대기까지 올라갈 수는 없었다. 설아는 주저하다가 바위 옆의 곧게 뻗은 소나무를 타고 올랐다. 나무의 중간쯤에 이르러서 다시 아래쪽을 내려다보았다. 수풀에 가려 분명치는 않았지만, 원주댁과 일본군 병사들의 모습을 어림잡을 수 있었다.

일본군 병사들은 못해도 십여 명은 되어 보였다. 그들은 조심스럽게, 거의 엎드린 채로 산막을 향해 다가가고 있었다. 그런데 원주댁의 움직임이 심상치 않았다. 일본군 병사들과 꽤 가까운 거리에 있음에도 아무도 원주댁을 경계하지 않았다.

'무슨 일일까?'

알 수 없는 일이었다. 아니, 지금은 그게 중요한 게 아니었다. 일본군이 산막을 향해 다가가고 있다는 걸 알려야 했다. 그런 생각이 들자마자 머릿속의 누군가가 다급히 말했다.

'산막이 위험해!'

설아는 재빨리 총부터 꺼냈다. 그리고 자신도 모르게 총알을 장전했다.

철컥!

총알이 장전되는 소리 때문에 묘한 긴장감이 느껴졌다. 하지만 그 소리가 낯설지 않았다. 설아는 반사적으로 산막 쪽에 가장 가까이 다가가 있는 일본군 병사를 찾았다. 그리고 그를 향해 조준했다. 바람 때문에 이파리가 가끔 시야를 방해했다. 상관없었다. 설아는 아까처럼 중얼거렸다.

'할아버지의 원수!'

그때, 어디선가 속삭이는 소리가 들렸다.

'총을 쏠 때는 바람까지도 염두에 두어야 한다. 몸으로, 네 손가락 끝으로 느껴라. 멀리 날아가는 총알은 미세한 바람에도 영향을 받는다. 네 영혼이 총알이 되어 표적으로 날아간다고 생각하란 말이다. 저격수는 단 한 번에 끝내야 한다는 사실을 잊지 말아라. 한 번 실패하면, 적은 숨어 버리고 놈은 곧 나를 노린다. 단 한 번에 끝내야만 해.'

그 말을 듣자마자 머릿속으로 고개를 끄덕였다. 설아는 익숙하게, 우선 숨을 멈추고 기다렸다가 놈이 가늠자 안에 들어오는 순간, 빠르게 그러나 흔들림 없이 방아쇠를 당겼다.

탕!

요란한 총성과 함께 주변의 새들이 날아가고 저편의 일본군 병사는 허벅지를 맞고 아래로 굴렀다. 비명이 숲으로 퍼져 나갔다. 하지만 아직 끝이 아니었다. 설아는 다시 한번 총알을 장전하고, 그 바로 뒤에서 따르던 일본군 병사를 다시 조준했다. 놈은 몸을 반쯤은 바위 뒤에 숨기고 있었으므로 쉽지 않아 보였다.

하지만 설아는 방금 전보다 더 집중해서 놈을 조준했다.

탕!

한 번 더 총성이 울렸고, 조준했던 일본군 병사는 등을 맞고 아래로 나뒹굴었다.

잠시 후, 저편 멀리서 일본군 병사들이 우왕좌왕하는 모습이 눈에 들어왔다. 조금 전까지 풀숲에 가려 보이지 않던 일본군의 모습도 보였다. 설아는 잠시 사격을 멈추고 기다렸다.

그때쯤, 산막 쪽에서 사람들이 나타났다. 그리고 아래쪽을 향해 총을 쏘아 대기 시작했다. 요란한 총성이 숲을 울렸다. 산막 쪽으로 기어오르던 일본군 병사들은 산막을 향해 총을 쏘며 천천히 뒤로 물러나기 시작했다. 그러나 원주댁은 아까처럼 바위 뒤에 숨어 꼼짝도 하지 않고 기다렸다.

설아는 나무 위에서 내려왔다. 그리고 다시 산막을 향해 방향을 잡았다. 부지런히 걸었다. 산막의 뒤편으로 향하는 길이 조금 더 거칠고 험했지만 설아는 마음이 급했다. 다시 쉬지 않고 빠르게 달렸다.

산막은 어수선했다. 사람들이 이리저리 오가며 분주하게 움직이고 있었다. 몇몇은 조금 전 일본군 병사들과 싸우던 쪽을 향해 경계를 서고 있었다.

그런데 하필이면 가장 먼저 눈에 띈 사람이 원주댁이었다. 원주댁은 마침 백두 대장과 이야기를 나누는 중이었다. 그 옆에는 까치가 서 있었다.

"아이고, 얘야! 어떻게 된 게냐? 어디 보자. 다친 데는 없고? 대체 어떻게 된 게야?"

원주댁은 설아를 보자마자 달려오며 과장되게 말했다. 하지만 설아는 선뜻 무슨 말이 나오지 않았다. 이틀 동안 있었던 일을, 이토록 어수선한 중에 낱낱이 이야기하기가 난감했다. 그걸 눈치채기라도 했는지 백두 대장이 다가와 물었다.

"원주댁 말로는, 식당에서 네가 갑자기 없어졌다던데?"

"누군가 저를 납치하려 했어요. 할아버지 집에 들이닥쳤던 콧수염 기른 사내였어요. 원주댁이 자리를 비운 사이에 나타나 겁박했어요. 그래서 달아났고요. 갈 데가 없어서……."

"저런! 그럼, 다시 또치 할아범 댁을 찾아왔어야지. 난 네가 혹시라도 죽은 줄로만 알고 얼마나 걱정했다고? 그래서 예까지 다시 찾아왔지 뭐니? 그래, 몸 상한 데는 없고?"

원주댁은 설아의 몸을 더듬으며 살폈다. 순간 설아는 자신도 모르게 뒤로 물러났다. 조금 전에 보았던 원주댁의 모습이 생각나서였다. 그러자 원주댁은 살짝 당혹스러운 표정을 지었지만 개의치 않았다.

그때 백두 대장이 다시 나섰다.

"일단 알았다. 일본군에게 우리 산막이 노출되어서 당장 거처를 옮겨야 한다. 너도 서둘러라. 당분간은 우리와 함께 가야겠구나."

그러더니 몸을 돌렸다. 하지만 백두 대장은 곧바로 되돌아와 다시 물었다.

"그나저나 지금 메고 있는 총은 무엇이냐? 그건 일본군 병사들이 쓰는 총인데?"

"혹시 일본군을 저격한 것이 너였니?"

백두 대장에 이어 까치가 물었다. 설아는 고개를 끄덕였다. 그러자마자 백두 대장은 고개를 잔뜩 찡그렸다. 무언가 석연치 않다는 표정이랄까. 옆에 서 있던 까치와 원주댁은 적잖이 놀란 표정이었다.

"네가 우리 산막을 구했구나. 조금만 늦었어도 기습당할 뻔했다. 자, 상세한 이야기는 나중에 하기로 하고 어서 이동할 채비를 해라."

그리고 백두 대장은 저편으로 걸어갔다.

"정말 아무 일 없었니? 대체 누가 너를 납치하려 했던 게야?"

원주댁이 다시 물었다.

"처음엔 가죽옷을 입은 남자였고, 나중에는 일본군 병사들까지 쫓아왔어요. 이리저리 골목길을 피해 다니다가 길을 잃었어요. 또치 할아버지 댁으로 가는 길을 알 수가 없어서 어쩔 수 없이……."

설아는 대충 얼버무렸다.

"그랬구나. 어휴! 난 그런 줄도 모르고 어디 마적단에 끌려갔나, 싶어서 얼마나 마음 졸였는지 아니? 그렇지 않아도 연길에도 그렇고 용정에도 그렇고, 마적단이 너처럼 어린아이들을 잡아다가 노예로 팔아 버린다는 소문이 있어서 말이다. 아무튼 이렇게 무사히 돌아왔으니 다행이다. 이제부터는 내가 옆에 꼭 붙어 있을 테니, 걱정하지 말거라."

원주댁은 수다스럽게 말하고는 설아의 어깨를 감싸 안았다. 하지만 왠지 모르게 설아는 그런 원주댁이 불편하기만 했다. 직감이 원주댁을 조금씩 밀어내고 있었다.

반나절 만에 서른 명 남짓의 산막 사람들이 이동하기 시작했다. 열댓 마리의 말에 무기와 탄약을 싣고, 또 장정들 열댓 명은 산막에 있던 살림살이를 지게에 짊어졌다. 여자와 노인 할 것 없이 솥단지까지 어깨에 이고 졌다. 설아는 원주댁과 함께 이불 보따리를 나누어 들었다.

한참 동안 앞으로 나서는 장정들을 따라 산길을 걸었다. 원주댁은 자신이 한 말 대로 설아 옆에 바짝 붙어서 걸었다. 때로는 어깨를 토닥이고, 손을 잡아 주기도 했다. 아픈 데는 없는지 물었고, 며칠 동안 잠도 못 자고 걱정했다며 너스레를 떨었다. 그때마다 설아는 그냥 괜찮아요, 라는 말로만 대꾸했다.

그러다가 문득 물었다.

“그나저나 그 총은 어디서 구한 것이니? 일본 병사의 총을 훔친 것이야?”

“할아버지가 주셨어요.”

설아는 무심코 대답했다. 틀린 말은 아니었다. 정말로 할아버지가 남기셨고, 분명 자신의 것이라고 했으니까.

“그게 무슨 말이냐? 그럼 할아버지가 돌아가시기 전에 일본 병사를 해치우고 노획이라도 했다는 말이니?”

원주댁이 깜짝 놀라 물었다. 그 옆에서 걷던 까치도 무슨 말이냐는 듯 눈을 크게 뜨고 설아를 쳐다보았다. 하지만 설아는 더는 말을 꺼내지 않았다. 묵묵히 걷기만 했다. 그러자 원주댁도 더 묻지 않았다. 까치가 무슨 말을 하려고 여러 번 여짓거리는 듯하더니 그만두었다.

산길은 점점 더 험해졌다. 한참 비탈을 오르는 듯하더니, 계곡 아래로 내려갔다. 그러다 길도 없는 숲으로 들어섰고, 난데없이 나타난 두메양귀비 꽃밭을 지났다. 붉디붉어서 더 처절하게 보이는 꽃밭을 말도 없이 지났다. 사람들이, 말이 지날 때마다 두메양귀비는 하늘거리는 줄기로 자꾸만 허리를 꺾었다. 설아는 때때로 꽃을 밟고, 묵묵히 지나갔다. 떠오르는 생각들을 억누르기 위해서는 그 수밖에 없었다.

곧이어 관목이 띄엄띄엄 자란 언덕을 하나 넘었고, 그러자마자 계곡물이 흐르는 샛길이 나타났다. 그리고 그때쯤 해가 졌다. 채 삼십 리를 못 온 듯했다.

"오늘은 여기서 야영합시다. 말을 쉬게 하고, 각자 잠잘 곳을 마련하도록 하시오. 경계는 두 명이 번갈아 가면서 해야 하오."

백두 대장이 소리쳤다. 그와 함께 일제히 걸음을 멈추고 저마다 그 자리에 주저앉았다. 설아는 원주댁과 함께 나란히 이불 보따리를 내던지듯 바위 옆에 던져 놓았다. 이미 몇몇 사람들은 잠잘 곳을 만드느라 분주했다.

설아는 가만히 어둠이 내리는 계곡을 돌아보았다. 가파른 절벽 사이로 빠르게 땅거미가 들어차고 있었다. 아니, 그걸 느낄 즈음 주변의 풍경이 사라지고 사람들의 움직임도 어둠에 스며들었다. 하늘에 반쪽짜리 달이 떠오를 때까지 오로지 물소리만 들렸다.

골짜기 안으로 스산한 바람이 불었으나, 불은 피우지 않았다. 일본군으로부터 공격을 당한 터라 위치를 들킬지도 모른다는 판단에서였다. 대신 미리 준비한 주먹밥을 나누어 먹고, 각자 바위 틈에 웅크리고 앉았다. 무슨 생각인지 이번에도 원주댁이 옆으로 바싹 다가왔다. 짊어졌던 보따리에서 포대기를 꺼내 설아를 덮어 주었다. 하지만 설아는 자신도 모르게 몸을 돌려 앉았다. 그래서였는지는 알 수 없으나, 쉼 없이 꼼지락대며 무슨 말인가를 꺼내는가 싶었는데 다행히도 원주댁은 금세 코를 골았다.

설아는 함께 덮었던 포대기를 걷어 내고 일어났다. 그리고 두리번거렸다. 달빛에, 여기저기 잠든 사람들이 하나둘 눈에 들어왔다. 백두 대장이 개울가에 앉아 있는 모습이 보였다. 설아는 그쪽으로 다가갔다.

"왜 안 자고 일어난 게냐?"

눈치를 챘는지 먼저 백두 대장이 물었다. 그 바람에 설아는 멈칫했다. 하지만 그예 조금 더 옆으로 다가갔다.

"제가 누구입니까?"

설아는 다짜고짜 물었다. 아니, 짐을 지고 걸어오면서 내내 머릿속에 맴돌던 질문이었다. 도무지 스스로는 해결할 수 없어서 답답했던. 그래서 불현듯 튀어나온 것이다.

백두 대장이 이쪽을 쳐다보더니 말했다.

"그 옆에 앉거라."

설아는 약간의 거리를 두고 백두 대장의 옆에 앉았다.

백두 대장은 선뜻 말을 꺼내지 않고 한참 동안 깊은숨을 내쉬었다. 그러더니 도리어 설아가 물었던 대로 되물었다.

“너는 정말 어떤 아이인 것이냐? 나도 네가 정말로 궁금하구나.”

“대장님…….”

“목소리를 낮추거라. 다른 사람들은 이미 잠이 들었다.”

“…….”

“이 말을 네게 하는 날이 올 줄은 몰랐다. 그러지 않기를 바랐는데……. 나는 다만 이 말이 네게 독이 되지 않기를 바랄 뿐이다. 물론 이 말이 네가 원하는 답이 될지 모르겠다만…….”

무슨 말을 하려는 걸까. 백두 대장은 두어 번 말을 더듬었다. 설아는 더 긴장했다. 당장 무슨 말이냐고 묻고 싶었지만, 선뜻 되묻지 못했다. 어쩌면 자신이 원하는 답이 아닐지도 몰라서였다. 그게 무슨 말일지도 모르면서.

백두 대장은 더 시간이 지나서야 입을 열었다.

“5~6년 전쯤 겨울이었다. 폭설이 내렸지. 허벅지까지 눈이 푹푹 빠졌다. 그런 눈길을 헤치고 네 할아버지께서 산막을 찾았더구나. 그리고 사람 하나를 살려야겠다며 까치를 데려갔다. 물론 나도 따라갔고. 알고 있을지 모르지만, 까치는 경성에서 의전을 다녔던 아이다.”

"제가 사고를 당했다던 그해였나요?"

"그래. 네 할아버지를 따라갔더니, 조그만 여자아이가 온몸이 피투성이가 된 채 방에 누워 있더구나. 늑골이 부러지고 팔도 부러졌더라. 크고 작은 상처가 온몸에 나 있었지. 손과 발은 동상에 얼어붙었고. 내가 보기에는 금방 죽어도 이상할 것이 없어 보였단다."

"그게 저였어요? 어떻게 제가……."

설아는 자신도 모르게 소리를 높여 물었다. 설아는 또 무슨 말을 하려다가 입을 다물었다. 백두 대장의 말을 기다렸다.

"네 할아버지가 그러더구나. 눈이 많이 내리면 짐승들이 돌아다니기가 어려워 오히려 사냥하기 쉽겠다 생각하여 계곡 길을 걷고 있는데, 웬 소녀가 쓰러져 있는 것을 발견해 데리고 왔다고."

순간 설아는 무슨 말이냐고 되물을 뻔했다. 왜냐하면 백두 대장의 말이 사실이라면 정말 자신이 누구인지 더더욱 알 수 없었으므로. 하지만 막 입을 열려고 할 때, 백두 대장이 말을 이었다.

"그때를 생각하면, 나는 지금도 네가 이렇게 살아 있는 게 믿기지 않을 때가 있단다. 누구는 기적이라고 했고, 어떤 이는 영험한 산신령이 너를 살렸다고 했지. 하지만 기적도 산신령도 아니었단다. 할아버지가 다친 너를 밤낮 가리지 않고 정성스럽게 돌보며 치료한 덕분이었지. 눈 덮인 산속을 헤매고 다니며 치료에 좋은 나무껍질이며 얼어붙은 약초까지 캐오셨단다. 물론 까치도 큰 몫을 했지. 맞아. 여럿이 너를 살렸어. 산에 있던 모든 사람이 말이다. 그 덕분에 네가 이렇게 건강하게 살아 있는 거란다."

백두 대장의 말에 속 깊은 곳에서 뜨거운 것이 차올랐다. 할아버지 생각이 났고, 자꾸만 눈물이 날 것만 같았다. 까치의 얼굴, 산막에서 마주친 사람들의 얼굴까지. 그 바람에 설아는 자신도 모르게 어둠 속에 한뎃잠을 자는 사람들 쪽으로 잠시 고개를 돌렸다.

그러다가 깊은숨을 내쉬었다. 한편으로는 또 다른 이유로 가슴이 아팠다.

'내가 할아버지의 손녀가 아니었다니!'

믿고 싶지 않았다. 아니라고 외치고 싶었다. 백두 대장에게 잘못 알고 있는 게 아니냐고 되물어야 할 것만 같았다. 설아는 두근거리는 가슴을 제 손으로 쓸어내리면서 가만히 생각해 보았다. 그동안 의문이었던 일들이 비로소 이해가 됐다.

'그래서 할아버지는 내가 기억하지 못하는 어린 시절을 제대로 답해 주지 못했던 것일까. 엄마와 아빠에 관한 이야기도 만들어 낸 것이었고?'

하지만 설아는 자신도 모르게 고개를 젓고 말았다. 그리고 하는 수없이 백두 대장에게 물었다.

"거짓말이죠? 이제 할아버지가 돌아가셨으니, 정 떼라고 하시는 말씀이죠?"

그러나 그 질문에 백두 대장은 아무 말도 하지 않았다. 여러 번 긴 숨을 내쉬기만 했다. 설아는 답답했다.

"대장님……."

"네 할아버지는 왜놈들한테 아들과 딸을 모두 잃었단다. 손녀까지. 그래서 산신령이 너를 손녀로 보내 주신 것이라고 믿으며 키우겠다고 생각하신 거야. 그래서 내게도, 당신이 죽으면 산에서 내려보내 보통 사람처럼 살게 해 달라고 부탁하신 거란다. 지금도 그 생각은 변함이 없고!"

"대장님, 그건……."

"너는 누가 뭐래도 네 할아버지 손녀다. 네가 어디서 왔든, 네 할아버지에게 너는 하나밖에 없는 손녀였어."

설아의 말을 자르고 백두 대장이 단호하게 말했다. 문득 편지에 남겨 놓은 할아버지의 말이 생각났다. 하지만 그 말을 온전히 다 받아들일 수가 없었다.

"하지만 정말 대장님 말이 맞는다면, 저는…… 저는 정말 누구인지…… 그러니까 제 말은, 도대체 어디서 왔길래……. 저도 모르게 총을 쏘고…… 늑대와 싸우기도 했어요. 제가 무슨 말을 하는지 모르시겠어요?"

설아는 여러 번 더듬었고, 그러다 보니 스스로가 답답했다. 하지만 백두 대장은 도리어 침착하고 담담했다.

"네가 어디서 왔는지는 중요하지 않아. 지금 너는 여기 있고 우리와 함께 있지 않으냐? 할아버지는 비록 산막에 살지 않았지만, 여기 있는 모든 사람을 가족으로 여겼다. 그럼 너도 가족인 게야. 여기에 있는 모든 사람이 너를 딸처럼, 누이동생처럼 생각하고 있어."

백두 대장의 말은 억지스럽게 들렸다. 물론 그렇게 말하는 이유를 모르지는 않았다. 하지만 설아는 스스로 짚고 넘어가야 할 것이 있었다.

"대장님, 제 말은 그게 아닌 거 아시잖아요. 제 말은, 혹시라도 제가 대장님이 생각하는 그런 사람이 아니라면 어찌해야 하는 거죠? 저는 일본군이 가지고 있어야 할 소총을 가지고 있어요."

설아의 말에 백두 대장이 이편으로 고개를 돌리며 물었다.

"그게 무슨 말이냐?"

"제 말은……."

설아는 입을 열었다가 닫았다. 더 깊은 말은 당장 하지 않는 게 좋을 듯했다. 지금은 할아버지의 친손녀가 아니라는 사실을 감당하기에도 벅찬 상태니까. 아니, 솔직히 그 뒷말을 꺼낼 용기가 없었다. 그걸 백두 대장도 눈치챘음인지 더 묻지 않았다.

설아는 하늘을 쳐다보았다. 수없이 많은 별이 까만 하늘에 총총히 박혀서 빛을 냈다. 설아는 한동안 하늘에서 눈을 떼지 못했다. 고개가 아프도록 보고 또 보았다. 할아버지의 얼굴이 그 별들 사이에 잠깐 나타났다가 사라졌다.

미행

달은 온전히 제 모습을 드러내려 애썼지만, 구름이 자주 달빛을 가렸다. 달도 구름도 고집스러워 보였다. '나는 누구일까?'라는 물음에서 잠시라도 멀어지고 싶었지만, 그 생각은 뾰족한 새부리가 되어 머릿속을 쪼아 댔다. 견디기 힘들었다. 할아버지의 손녀가 아니라는 사실부터, 일본군의 소총이 왜 자신의 것인지. 할아버지가 목숨을 구해 주기 전까지는 도대체 난 어디서 무엇을 했던 것인지.

그런 생각까지 이르면 까만 가죽옷 사내의 말이 꼬리를 물고 떠올랐다. 아무리 머리를 가로저어도 '일본제국을 위해서 할 일이 많은 아이'라는 말이 자꾸 되새겨졌다. 설아는 그런 생각을 하고 있는 자신에게 말도 안 되는 소리라고 머리를 저어 댔지만, 그래도 의문은 남았다. 그게 아니라면, 도대체 왜 그 사내는 자신을 붙잡으려 했던 것일까.

하아!

깊은숨을 몰아쉬었다. 그러자 마치 화답이라도 하듯 어디선가 부엉이 소리가 들렸다. 뒤미처 앞을 가로막고 있는 가문비나무 숲에서 스산한 바람이 불어왔다. 곧 6월이 코앞이긴 해도 산속은 여전히 서늘했다.

설아는 일어나 동굴 쪽을 바라보았다.

백두 대장을 따라 이동한 두 번째 산막은 커다란 동굴이었다. 위로는 절벽처럼 가팔랐고, 앞쪽으로는 가문비나무 숲이 가리고 있어서 천혜의 요새나 다름없었다. 접근하는 통로도 복잡하고 길이 나 있지 않아 처음 와 보는 사람은 찾기 힘들 것 같았다.

동굴 앞까지 다가가자 늦은 밤인데도 두런두런 말소리가 들려왔다. 해질 무렵에 온 매부리코 손님 때문이었다. 봉오동에서 왔다는 손님은 백두 대장에게 무슨 도움을 청했고, 그 일로 산막의 사람들과 의논을 하는 중이었다.

"……그러니까 우리 천보산 산막 사람들은, 일본군이 범죄를 저지른 마적단을 하얼빈으로 후송할 때, 이들을 공격해 일본군 본대의 시선을 분산시키라는 말이죠? 그 사이에 둔화 지역 산막 사람들이 같은 시간대에 용정으로 후송되는 김일환 동지를 구해

봉오동의 홍윤도 부대로 보내는 것이고요?"

"맞습니다. 마적단 후송부대를 습격하면 일본군 병력이 그쪽으로 치우칠 것이고, 그것을 확인한 뒤 우리는 김일환 동지 구출 작전에 나설 것입니다. 직접 가까이에서 전투를 치를 필요도 없고, 다만 이쪽의 병력이 많다는 착각이 들도록 하면 됩니다. 그럴수록 보다 많은 일본군이 그쪽으로 배치될 것이고, 우리는 수월하게 김일환 동지를 구해 낼 수 있을 것입니다."

"무슨 말인지 알겠습니다. 그리 쉬운 일은 아닐 것 같습니다만……."

"꼭 구해 내야 합니다. 앞으로 전개될 이 일대의 항일투쟁에 중요한 역할을 맡으실 분입니다."

"알겠습니다. 우선 직접 전투를 치르지 않으면서 일본군의 전열을 흐트러뜨리려면 저격수가 필요하다는 뜻인데……. 아무튼 멀리서도 사격술이 능한 대원을 중심으로 작전을 세워 보겠습니다."

백두 대장과 매부리코 손님의 말소리가 들렸다. 그 주위에는 까치와 다른 세 명의 대원이 함께 고개를 끄덕이며 이야기를 듣고 있었다. 원주댁과 나머지 대원들은 저마다 자리를 잡고 누워 있거나 앉아서 총을 손질했다.

설아는 동굴 안으로 들어서서 천천히 다가갔다. 그때쯤 백두 대장이 고개를 들어 큰 소리로 말했다.

"모두 들었지? 이번 작전에는 산도적, 까치, 무말랭이, 이우종, 최경래, 이레 스님, 샌님, 솔뫼, 조우경, 남상철, 연민철, 이길조, 방 서방과 내가 간다."

그러자 여기저기서 네, 하는 소리가 들렸다. 가만 보니 젊은 편에 속하는 사람들이었고, 솔뫼만 여자였다. 검은색으로 물들인 무명천을 머리에 질끈 동여맨 솔뫼는 유독 큰 눈을 반짝거렸다. 원주댁보다 어려 보였고, 갸름한 얼굴에도 항상 검정 칠을 하고 다녔다. 얼핏 듣기로 자신이 나약한 여자로 보이는 게 싫어서 그런다고 했다. 그런지는 몰라도 꽤 사납게 보이긴 했다.

그때 문득 설아는 오기가 생겼다.

"저는요? 저는 뭘 해야 하죠?"

설아는 자신도 모르게 백두 대장 쪽으로 다가서며 물었다. 그러자 백두 대장이 설아를 올려다보았다. 그는 잠시 머뭇거리는 듯하다가 말했다.

"너는 남아 있거라. 아직 네 몸을 돌봐야 할 때다. 그리고 위험한 일이다. 왜놈들과 직접 전투를 해야 할지도 모르는 일이야. 넌 나서지 않는 게 좋겠다."

"그럼, 더 가야 해요."

"왜 그래야 하느냐?"

"왜놈이 할아버지를 쏘았단 말이에요. 내가 보는 앞에서요!"

설아는 자신도 모르게 목소리를 높였다.

“안다. 하지만 넌 아직…….”

백두 대장은 무슨 말을 하려다가 뒷말을 접었다. 설아가 말끝을 잡고 되물었다.

“저의 정체를 모르기 때문인가요?”

“무슨 말을 하는 것이냐?”

백두 대장이 곧바로 되물었다. 그 순간, 설아는 자신이 너무 앞서 나갔다는 생각이 들었다. 물론 산막의 대원들이 모두 자신에 대해서 의아해하는 것쯤은 알고 있었다. ‘어디선가 훈련받지 않고서 어떻게 그렇게 사격을 잘해?’라든가 ‘대체 뭘 하다 왔길래 웬만한 어른들보다 산을 잘 타는 것이야?’ ‘일본군 총을 할아버지가 주었다고? 원래 자기 것이라고 했다며?’ 등등의 말을 나누는 것을 들은 적이 있다. 사람들이 저마다 이상한 아이라고 생각하는 것도 알고. 그뿐만 아니라 경계하는 사람도 있으리란 것도 모르지 않았다. 하지만 어찌 되었든 설아는 자신이 지금 이곳에 있다는 게 중요했다. 백두 대장도 그렇게 말했었다. ‘우리와 함께 있다!’라고. 하물며 가족이란 말도 했었다.

그래서 백두 대장에게 대답했다.

“그래요. 나도 내가 누군지 모르겠어요. 그렇지만 왜놈이 할아버지를 죽였고, 난 지금 대장님, 그리고 대원들과 함께 여기에 있잖아요. 아직 독립운동이 뭔지는 몰라도, 난 할아버지의 한을 조금이라도 풀어 드려야 해요.”

"설아야, 넌 할아버지 뜻에 따라……."

"아니요. 제가 누구든 할아버지의 화승총을 찾을 거예요. 그다음은……. 그때 가서 생각하게 해 주세요. 절대 폐 끼치지 않을게요. 가족이라면서요!"

백두 대장이 걱정된다는 듯 말했지만, 설아는 그의 말을 싹둑 잘랐다. 그리고 백두 대장이 했던 말을 반복했다.

설아의 말에 백두 대장은 조금은 당혹스러워하는 것 같았다. 잠시 무슨 생각을 하는 듯하더니, 다른 사람들을 휘돌아보았다. 그러자 까치를 시작으로 몇몇 사람들이 고개를 끄덕였다.

"알겠다. 대신 내 말을 꼭 따라야 한다. 잊지 말거라. 자, 그럼 다시 말한다. 일본군의 이동은 내일모레 정오다. 우리는 내일 새벽, 마적단으로 변장하고 연길로 출발해 정오가 되기 전에 연길 시내 입구에서 각자의 위치에서 매복하고 기다린다. 두셋씩 나누어 사방에 포진해 있다가 원거리에서 공격할 것이다. 그리고 일본군의 추가 병력이 투입되면 응사하면서 후퇴한다. 상세한 내용은 내일 밤 다시 전달하겠다."

설아에게 고개를 끄덕이고 백두 대장은 모두에게 지시했다. 어떤 사람은 소리 내 대답했고, 또 몇몇은 고개를 끄덕였다.

설아는 동굴 안쪽 비스듬하게 삐쭉 솟은 바위에 등을 기대앉았다. 그러자마자 원주댁이 옆으로 다가왔다.

"왜 그랬니? 마음도 편치 않을 텐데, 남아 있지 그랬어."

"아무것도 하지 않는 것이 더 힘들어요. 무엇이든 할아버지를 위해서 하고 싶어요. 할아버지도 의병운동을 하셨다잖아요."

설아는 또박또박 대답했다. 하지만 그게 자신의 마음속에서 나온 것인지, 아니면 얼결에 튀어나온 말인지 알 수 없었다. 다만 산에 틀어박혀 있는 것보다, 무엇이라도 하는 게 낫다는 생각이 들 뿐이었다.

밤이 더 깊어졌고 모닥불도 천천히 꺼져 갔다. 곧 동굴은 완전히 어두워졌지만 설아의 머릿속은 여전히 복잡했다. 예의 그렇듯 눈을 감자 할아버지와 한 달 사이에 겪었던 모든 일들이 머릿속에서 휘몰아치기 시작했다. 설아는 어금니를 물고 눈을 더 꽉 감았다.

꿈을 꾸다가 잠에서 깨어났다. 이번에도 총을 쏘며 산을 달리는 꿈이었다. 동굴로 산막을 옮긴 뒤로부터는 특히 그 꿈이 많아졌다. 열흘째 비슷한 꿈이었다. 어느 날은 총을 쏘아 짐승을 잡았지만, 또 어느 날은 알 수 없는 사람의 검은 그림자를 향해 총을 쏘아 대기도 했다. 그때마다 산짐승이든 사람이든 한방에 툭툭 나가떨어졌다. 그리고 누군가의 목소리가 들려왔다.

'총을 쏠 때는 바람까지도 염두에 두어야 한다. 몸으로, 네 손가락 끝으로 느껴라. 멀리 날아가는 총알은 미세한 바람에도 영향을 받는다. 네 영혼이 총알이 되어 표적으로 날아간다고 생각

하란 말이다.'

그 말이 들리면 설아는 숨을 멈추고 정말로 자신의 몸에서 영혼만 빠져나가 표적의 심장을 향해 날아가는 기분으로 총을 쏘았다. 그때마다 표적은 순식간에 나가떨어졌다. 그러다 표적이 된 형체가 또렷한 사람으로 변하고 피를 흘리는 순간, 비명을 지르며 깨어나곤 했다.

눈을 뜨니 까치가 설아의 팔을 흔들고 있었다.

"또 악몽을 꾸었니? 괜찮겠어?"

"네! 괜찮아요."

"그럼, 어서 일어나거라. 지금 출발해야 해."

설아는 몸을 일으켰다. 누군가 다시 모닥불을 피워 놓긴 했지만, 동굴 밖은 여전히 짙은 어둠이 내려 있었다. 그런 중에도 이미 사람들은 말을 준비하고, 총을 맨 채 동굴 입구를 서성거리고 있었다. 설아는 할아버지가 남긴 은빛 여우의 가죽을 몸에 걸쳤다. 총은 광목천으로 둘둘 말고 탄띠를 허리에 찼다. 그리고 머리는 검은색 보자기로 가렸다. 붉은 머리칼이 드러나지 않게 꼼꼼하게 이마까지 감쌌다.

"자, 출발!"

백두 대장의 말이 떨어지자 사람들이 분주히 말에 올라탔다. 대장과 몇몇은 혼자 말을 탔고, 몇은 둘씩 말에 올랐다. 설아는 이전처럼 까치의 말 뒤에 올라탔다. 컴컴한 밤이고 길도 없는 산길이라 말은 속도를 내지 못하고 천천히 걸었다.

"자, 이것 받아. 따로 먹을 시간이 없어서 이동하는 동안 배를 채워야 해."

까치가 주머니에서 주먹밥을 건네주었다. 설아는 주먹밥을 건네받고 대뜸 입에 물었다. 딱딱했지만 그런대로 씹을 만했다.

주먹밥을 절반쯤 씹었을 때, 설아는 까치에게 물었다.

"오라버니도 제가 전투에 참여하는 게 옳지 않은 일이라 생각해요?"

"옳지 않은 일이라기보다 대장님은 네가 걱정돼서 그러셨을 거야."

까치의 말은 짧고 간결했다. 마치 감정 없이 꼭 해야 할 말만 하는 느낌이었다. 그래서 또 다른 질문을 했다.

"오라버니가 저를 구하셨다면서요?"

"그때 넌 겨우 숨이 붙어 있었어. 할아버지가 조금이라도 늦게 발견했다면, 넌 아마 살아남지 못했을 거야. 성한 곳이 한 군데도 없었지."

까치의 말에 설아는 고개를 끄덕였다. 그 말에 할아버지가 다시 떠올랐고, 또 울컥 눈물이 나려 했다. 설아는 가까스로 참아냈다.

잠시 후, 이번에는 까치가 물었다.

"정말 아무것도 기억이 안 나니?"

"네. 다만 꿈을 꿔요."

"무슨 꿈?"

"오늘 새벽에도 꾸었어요. 산을 오르내리고 총을 쏘고, 어느 날은 천장에 불빛이 환한 침대 위에 누워 있기도 해요. 누군가 주삿바늘로 저를 쿡쿡 찌르기도 하고요."

까치는 아무런 대꾸가 없었다. 다만 긴 숨을 내쉴 뿐이었다. 등 뒤로 그 숨소리가 느껴졌다.

잠시 후, 설아는 다시 물었다.

"그런데 참 오라버니 이름은 뭐예요? 지금 내 이름은 설아인데, 원래는 무엇이었을까요?"

"난 차두현이야."

"차두현! 차두현……. 남자다운 이름이에요."

설아는 그 이름을 여러 번 헤아리고 말했다. 그리고 주먹밥을 한 입 더 먹고 또 물었다.

"저는 어떤 아이인가요?"

"글쎄. 넌 착하고 순하고 보통 여자아이들처럼……."

"그런 걸 묻는 게 아니란 걸 오라버니도 잘 알잖아요."

"……."

이번에는 두현이 대답하지 못했다. 설아는 또 물었다. 백두 대장에게 그랬던 것처럼.

"내가 혹시 오라버니가 생각하는 그런 아이가 아니라면 어떻게 하실 거예요?"

그렇게 묻는 동안 검은 가죽옷 사내의 말이 떠올랐다. 그래서 자신도 모르게 어금니를 꽉 물어야 했다.

"무슨 뜻이니?"

두현이 되물었다. 하지만 이번에는 설아가 대답하지 않았다.

그즈음 어둑하던 숲이 부윰하게 밝아 오고 있었다. 그리고 동시에 앞쪽에서 백두 대장의 외침이 들려왔다.

"자, 달려라. 서둘러야 한다! 이랴!"

동시에 두현도 말의 고삐를 힘껏 잡아당겼다. 말이 속도를 내기 시작했다. 그와 동시에 설아는 알 수 없는 긴장감에 사로잡혔다. 가슴이 쿵쾅대고 있었다.

연길 시내 외곽에 도착했을 때는 이미 정오가 가까워져 있었다. 일전에 설아가 왔던 곳과는 또 다른 모습이었다. 더 복잡했고, 길도 넓었으며 서양식으로 지어진 건물도 많았다. 백두 대장은 비교적 번화한 거리 한복판에 있는 호심정(湖心亭)을 공격 지점으로 잡았다. 호심정은 규모가 꽤 큰 3층짜리 건물로 사람들이 많이 오가는 길목에 자리잡고 있었다. 백두 대장은 그것을 노렸다. 멀리서 총을 쏘아 대면 일대가 혼란스러워질 것이고, 그러면 일본군은 더더욱 반격하기 어려울 것이라는 판단에서였다.

대원들은 호심정을 중심으로 사방에 몸을 숨겼다. 대장과 이레 스님, 솔뫼가 북쪽에 자리잡았고, 설아는 두현과 함께 호심정 남쪽에 있는 2층짜리 건물 옥상에 숨어들었다. 호심정과는 꽤 먼 거리여서 좀 아쉬운 생각이 들었다. 두현에게 더 가까이 가서 매복하자고 했지만, 대장님의 명령이라며 들어주지 않았다. 그러고는 "이번 작전은 적들을 교란시켜 혼란스럽도록 하는 게 목적이지 직접 전투를 벌이는 것이 아니야."라고 잘라 말했다. 설아는 별다른 대꾸를 할 수가 없었다. 하긴 열댓 명 남짓한 병력으로 수십 명이 넘는 일본군과 맞닥뜨려 싸우기에는 역부족일 것이니까. 설아는 저 혼자 고개를 끄덕였다.

설아는 숨을 죽이고 기다렸다.

총알을 장전하지 않은 상태로 호심정 주변을 조준해 보았다. 호심정의 2층 오른쪽 창문, 그 아래 말을 타고 지나가는 마적단 차림의 사내가 쓴 털모자, 길 따라 세워진 전신주, 녹색 비단옷을 입고 지나가는 중국인 남자가 들고 있는 밤색 가방, 문득 나타난 작고 새까만 자동차의 앞유리창에 비친 운전기사의 검은 그림자, 그 옆으로 나란히 지나가는 일본군 병사 둘의 어깨에 걸쳐진 소총……. 그때 문득, 머릿속에서 예의 또 다른 목소리가 들렸다.

'목표물은 오래 조준한다고 더 잘 맞출 수 있는 게 아니야. 훌륭한 저격수는 방아쇠를 당겨야 할 때를 머리로 판단하지 않고 가슴으로 결정하지. 머리보다 빠른 몸의 움직임이 목표물을 쓰러

뜨리는 거야.'

후우!

설아는 총을 내려놓고 긴 숨을 내쉬었다. 총을 들고 무언가를 겨누면 되살아나는 목소리는 누구의 것일까. 그가 마치 자신을 지배하고 있다는 느낌이 들었다. 그 바람에 설아는 자신도 모르게 잔뜩 인상을 썼다.

그때 문득 두현이 물었다.

"그 총, 전혀 기억이 안 나?"

그 질문에 설아는 두현을 쳐다보았다. 그리고 고개를 저었다.

"이 총은 작년 봄에, 천보산 초입을 정찰 중이던 왜놈에게서 노획한 거야. 네 총과 같은 것이지. 다만, 네 총은 조금 더 개량되었어. 총신이 조금 더 길고, 그러면서도 개머리판 속을 깎아 무게를 더 가볍게 했더라. 가늠쇠와 가늠구멍을 정교하게 손질했어. 목표물을 보다 빠르고 정확하게 조준하도록 세심한 배려를 했달까……."

설아는 두현이 한 말의 의미를 몰라 얼굴만 바라보았다.

"웬만한 총알도 모두 사용할 수 있도록 개조되었고, 어디서든 저격에 적합하도록 만들어졌단 뜻이야."

설아는 머리가 띵했다. 의미는 알 수 없었지만, 자신이 남과 다르다는 뜻으로 들려서였다. 설아는 문득 총 아래쪽에 박힌 나비 문양을 내려다보았다. 햇빛이 나비를 비추었고, 날개가 노랗게 빛을 냈다.

바로 그즈음이었다.

호심정 쪽을 바라보던 두현이 문득 허리를 숙였다. 설아도 얼른 그쪽을 쳐다보았다. 트럭 한 대가 거리에 나타났다. 앞뒤에는 작은 자동차가 트럭을 호위하듯 따라가고 있었다. 그것을 보자마자 두현은 총을 장전했다. 설아도 재빨리 옥상 난간에 총을 걸치고 사격할 수 있는 자세를 취했다. 그리고 기다렸다. 그 순간에도 아까 머릿속을 울리던 목소리가 스쳐 지나갔다.

잠시 후, 먼 곳에서 두 발의 총성이 연이어 울렸다.

탕, 탕!

그 소리와 함께 앞쪽의 작은 자동차가 오른쪽 옆으로 방향을 틀더니 건물 담장을 들이받고 멈추었다. 그러자마자 길 가던 사람들이 비명을 지르며 이리저리 흩어졌고, 앞뒤 쪽 자동차와 트럭에서 일본군 병사들이 달려 나왔다. 동시에 또 몇 발의 총성이 울렸다.

탕, 타탕!

이어 일본군 병사 몇 명이 쓰러졌다. 그들은 우왕좌왕했고, 총알이 어디서 날아오는지 몰라 허둥댔다. 그도 그럴 것이, 호심정을 중심으로 사방에 단단히 매복한 다음 시간 간격을 두고 서로 다른 방향에서 한두 발씩 총을 쏘고 있었기 때문이다. 설아도 트럭 앞에서 허둥대는 병사를 향해 한 발을 쏘았다. 먼 거리이긴 했지만 총알은 정확히 놈의 허벅지를 관통했다. 그때 머릿속에서 알 수 없는 소리가 들렸다.

'심장을 쏘란 말이다. 단 한 번에 적의 숨통을 끊어야지. 심장과 머리를 조준해!'

영혼만 빠져나가 표적의 심장을 향해 날아가는 기분으로 총을 쏘라던 그 목소리였다. 하지만 설아는 자신도 모르게 고개를 저었다. 차마 그럴 수가 없었다. 그 때문에 설아는 더 이상 총을 쏘지 못했다.

그런 중에도 총소리는 여기저기서 들렸고, 일본군이 한둘씩 쓰러져 가는 모습이 보였다. 그리고 마침내 북쪽 길 끝에 뽀얀 먼지가 일었다. 백두 대장님과 다른 대원 몇이 일본군을 유인하기 위해 말을 타고 달아나고 있을 거였다. 그리고 오래지 않아, 남쪽 길 쪽에서 트럭이 나타났다. 얼핏 보아도 일본군 트럭이었다.

"자, 이제 우리도 빠져나가자."

두현이 말했다. 그러는 바람에 설아는 일어났다. 이쪽저쪽에서 일본군이 사방으로 흩어지는 모습이 보였다. 설아는 일단 두현을 따라 바로 옆 건물 옥상으로 이동했다.

"빨리 빠져나가야 해. 일본군이 시내에 깔리기 시작했어."

두현이 한 번 더 말했다. 그리고 앞서서 또 다른 건물의 지붕으로 올라갔다. 설아는 그 뒤를 바짝 좇아갔다. 그런데 그즈음이었다. 왼쪽으로 휘돌아가는 골목이 아래로 보였고, 거기에 두 명의 일본군 병사와 함께 낯익은 그림자가 하나 지나갔다.

한눈에 보아도 사사키였다. 그 바람에 설아는 지붕 위에 우뚝 멈추어 섰다. 그리고 서둘러 골목길을 돌아가는 놈의 뒷모습을 내려다보았다. 잠시 머뭇거렸다. 짧은 순간이었지만 온갖 생각이 스쳤다. 그가 했던 말들이 머릿속에서 살아났다. 설아는 사내가 사라진 골목길로 재빨리 뛰어내린 다음, 어금니를 꽉 물고 뒤를 따랐다.

순간 뒤편에서 낮고 다급한 목소리가 들렸다.

"설아……."

두현의 목소리였다. 차마 소리칠 수는 없어서 억지로 낮게 내는 소리였다. 설아는 돌아보지 않고 빠르게 걸었다. 골목을 휘돌자 사내의 뒷모습이 보였다. 눈치채지 않도록 조심하면서 사사키의 뒤를 바짝 쫓았다.

곧 사사키는 골목 끝 사거리에서 오른쪽으로, 일본군 병사 둘은 왼쪽으로 꺾어졌다. 잘되었다 싶었다. 설아는 왼쪽을 한 번 힐끗 쳐다본 다음, 놈이 사라진 오른쪽으로 향했다. 놈은 꽤 빠른 걸음으로 걷더니, 금세 다시 한번 왼편으로 돌았다. 설아도 얼른 그 뒤를 쫓았다.

그런데 설아는 모퉁이를 돌아서자마자 그 자리에 멈추어 서야 했다. 사사키가 권총을 겨눈 채 바로 앞에 서 있었기 때문이었다.

"헉!"

설아는 숨이 탁 막혔다. 사사키의 총구가 설아의 머리를 향하고 있었다.

"기다리고 있었다."

사사키가 뜻밖의 말을 했다. 기다렸다고? 그렇다면 이곳에 올 것을 미리 알고 있었다는 것일까. 설아는 혼란스러웠다.

'누군가 내가 이곳에 온다는 것을 알려 주기라도 했다는 것인가?'

문득 그런 생각과 동시에 한 사람의 얼굴이 스쳤다. 그 때문에 설아는 말문이 막혔고, 함정에 빠졌다는 생각이 들었다.

그런 설아를 향해 사사키가 다그치듯 말했다.

"무슨 짓이냐? 대일본제국에 충성해야 할 조나단(蝶の団, 나비단)의 전사가 조선의 불령선인*을 돕고 있다니!"

너무 어처구니없는 말이라서 설아는 침만 꿀꺽 삼키며, 사내를 노려보았다. 아무 말도 나오지 않았다. 그러자 놈이 아예 윽박질러 댔다.

"설마 했는데, 기억이 나지 않는 것이냐? 네가 누구인지 모른다고? 내가 기억나지 않는다고? 너희를 전사로 만든 이 사사키를 모른다고?"

전사는 무엇이고, 너희는 또 누구인가. 설아는 도대체 사사키

* 일제 강점기에 '불온하고 불량한 조선 사람'이라는 뜻으로 쓰인 말.

가 자신에게 무엇을 바라길래 이런 말을 하는지 알 수 없었다. 그래서 치받듯 말했다.

"네놈들이 내 할아버지를 죽였어!"

"젠장! 오직 그것밖에 기억이 안 난다는 것이냐? 내 예상이 맞았구나. 모든 기억을 잃었어. 하지만 잘 생각해 보거라. 그해 겨울, 스무 명의 조나단이 산악 훈련에 나섰지. 그 훈련에서 여덟 명이 죽고 열두 명이 살아서 부대로 복귀하는 중이었어. 하지만 마적단의 공격을 받았지. 이때, 모두 죽고 셋만 살아남았는데, 그중 둘이 부대로 돌아왔고, 하나는 돌아오지 못했어. 그게 바로 너야."

"그게 무슨……."

"너는 네가 얼마나 대단한 아이인지 모를 거야. 네 엄청난 능력이 어디서 나왔다고 생각하느냐? 내가 너희를 그렇게 키웠단 말이다. 이래도 기억이 안 난다고? 네 이름도?"

"난 설아예요. 할아버지가 지어 주신 이름이에요. 겨울에 태어났다고……."

"아니, 네 원래 이름은 안나야. 네 붉은 머리를 보면 모르겠니?"

사사키는 설아의 말을 끊고 되물었다. 도대체 무슨 말을 하는지 알 수 없었다. 그 때문에 멍하니 놈의 얼굴만 바라보고 있어야 했다.

"그럼, 네 동생도 기억나지 않느냐? 그 아이의 이름은 샤샤야. 정말 기억이 나지 않아?"

"내가……."

"그래. 기억나게 해 주마! 나를 따라오면 된다. 천천히 총을 내려놓고 뒤를 돌아라. 조금이라도 딴짓하면 쏠 테니 허튼수작 부리지 말고."

하는 수 없었다. 설아는 돌아섰고, 어깨에 메고 있던 총을 내려놓았다. 바로 그 순간이었다.

탕!

한 발의 총성과 함께 사사키가 어깨에 총을 맞고 저편으로 쓰러졌다. 그와 동시에 두현의 목소리가 들렸다.

"설아야! 이쪽!"

돌아보니 저편 건물 담장 위에 두현이 있었다. 설아는 재빨리 총을 다시 집어 들고 모퉁이를 돌았다. 그리고 뛰었다.

잠깐 사이, 뒤편에서 총알이 날아왔다. 몸을 일으킨 사사키가 권총을 쏘아 대며 외쳤다.

"돌아와! 너는 일본제국의 조나단이란 말이다! 어서 돌아와!"

그러나 그것으로 그만이었다. 두현이 사사키를 향해 두 번 더 총을 쏘았고 높은 골목 뒤편으로 숨었다. 그 덕분에 설아는 골목을 돌아 두현이 있는 쪽으로 피할 수 있었다.

"어떻게 된 거야? 도대체 무슨 짓을 한 거냐고?"

두현이 나무라듯 말했다. 하지만 설아는 아무런 대답을 할 수가 없었다. 그러자 두현은 설아를 끌어당기며 한마디 더 했다.

"나중에 이야기하자. 지금은 빨리 여길 빠져나가야 해. 사방에 일본군 병사들이 깔렸어. 서둘러!"

설아는 정신이 멍한 상태로 두현의 뒤를 바짝 좇았다. 숨겨둔 말이 있는 곳까지 두현은 아무것도 묻지 않았고, 설아도 아무런 말도 하지 않았다. 머릿속에서는 방금 전 사사키가 한 말들이 뒤엉키는 바람에 머리가 깨질 듯이 아팠다.

의혹의 실마리

모닥불이 사그라들기 시작했다. 그 바람에 동굴 안은 서서히 캄캄해졌다. 동굴 여기저기서 코 고는 소리가 들렸다. 모두 깊은 잠에 빠진 듯했다. 설아는 잠시 벽에 기대어 앉아서 이런저런 생각을 더듬었다. 무엇보다 열흘 전 맞닥뜨린 사사키란 자의 말들이 자꾸 되살아나 혼란스러웠다.

'내 이름이 안나라고? 샤샤라는 이름의 동생이 있고……. 게다가 일본제국의 전사 조나단이라니!'

다른 말들은 기억났다가 사라졌는데, 유독 그 말만은 생생했다. 어디부터 어디까지 사실인지 알 수 없어서 답답했다. 한꺼번에 쏟아 놓은 그 말들의 파문은 꿈자리까지 사납게 만들었다.

꿈속에서 자꾸만 총을 쏘고, 딱딱하고 차가운 침대에 누워 있고, 흰 가운을 입은 사람이 몸을 만지고 주사를 놓고…….

가끔 두현이 무슨 일이냐고, 사사키와 무슨 말을 나누었느냐고 물었다. 별것 아니라고 태연한 척했지만, 잠시도 놈의 말들이 머릿속을 떠나지 않았다. 그럴수록 설아는 자신이 누군지 알아야만 한다는 생각이 더 깊어졌다. 자신이 어떤 사람이냐에 따라서 이 산막 사람들에게 위험한 존재가 될 수도 있겠다는 생각이 들어서 더 초조하기만 했다.

산막을 떠나기로 마음먹은 것은 그 때문이었다. 어떻게든 사사키를 다시 찾아내서 진실을 아는 것이 먼저란 생각이 들었다.

마침내 모닥불은 완전히 꺼졌고, 동굴은 캄캄해졌다. 설아는 천천히 일어났다. 그리고 미리 챙겨 놓은 보퉁이를 짊어지고 총까지 어깨에 걸친 다음 조심스레 동굴 밖으로 나갔다. 오히려 달빛이 내리비치는 동굴 밖이 훨씬 환했다. 다만 바람이 불었다. 잎과 잎이 스치는 소리, 골짜기를 따라 짐승의 울음처럼 들리는 바람 소리가 들려와 스산했다.

잠시 뒤를 돌아 동굴 안을 쳐다보았다. 마지막이 될지 모른다는 생각이 들어서였다. 애틋하고 아쉬웠다. 자신이 어떤 사람이든 산막 사람들은 죽을 뻔한 자신을 살렸고, 할아버지가 죽은 뒤에는 가족처럼 대해 주었으니까. 설아는 어금니를 물고 돌아섰다.

그리고 왼쪽 옆으로 나 있는 비탈을 따라 내려갔다. 그때, 저만큼 앞에 검은 그림자가 보였다. 설아는 순간적으로 허리를 숙이고 총을 바로 세웠다.

"놀라지 마. 나야."

가만히 보니 두현이었다. 설아는 가슴을 쓸어내리고 총을 다시 어깨에 멨다. 그러자마자 두현이 물었다.

"어딜 가려고?"

"……."

"설마 산막을 떠나려는 거야?"

설아가 대답하지 않자, 두현은 거듭 물었다. 하는 수 없이 설아는 입을 열었다.

"내가 누구인지 모르겠어요. 여기에 있어도 괜찮은 사람인지……."

"그게 무슨 말이야?"

"아시잖아요. 나를 살려 낸 사람 중 하나가 오라버니잖아요. 그런 내가 어디서 왔는지 궁금하지 않으세요?"

설아는 솔직하게 대답했다. 바람 소리 때문에 자신도 모르게 소리를 높였다.

"그게 그리 중요해? 넌 우리에겐 민 포수 영감님의 손녀이고 지금은 우리와 함께 싸우고 있어."

"……."

"아니, 잠깐만 기다려 봐. 자, 이쪽에 앉아. 갈 때 가더라도 이유는 말해 주어야지."

두현은 설아가 머뭇거리자 내려온 비탈을 조금 올라 너럭바위 위에 앉으며 말했다. 하는 수 없이 설아는 그 옆에 나란히 앉았다. 달빛 덕분에 산 아래쪽 능선의 실루엣이 희미하게 보였다.

이번에는 설아가 먼저 입을 열었다.

"난 애초에 할아버지의 친손녀가 아니었고, 무엇보다…… 일본군 병사들이 사용하는 총과 같은 걸 가지고 있어요."

"내 총도 일본군의……."

"아니요. 오라버니는 그들로부터 뺏은 것이지만, 제 총은 처음부터 제 것이었어요."

설아는 두현의 말을 자르고 단호하게 말했다. 그러자 두현은 잠시 머뭇거리다 물었다.

"그자가 무어라고 했길래? 네가 왜놈이라도 된다는 거야?"

설아는 자신도 모르게 움찔 놀라 선뜻 대꾸하지 못했다.

잠시 말이 끊어졌고, 바람 소리만 괴괴하게 들렸다. 설아는 자꾸만 눈앞을 가리는 머리칼을 연신 뒤로 쓸어 넘겨야 했다. 바람이 잠시 잦아들 만하면 멀리서 늑대의 울음소리가 들렸고, 가까운 곳에서는 산비둘기와 부엉이 우는 소리가 함께 들렸다. 풀벌레 소리가 귓가를 간지럽혔다.

결국 설아는 입을 열었다.

"조나단이란 말을 했어요."

"나비?"

설아의 말에 두현이 문득 중얼거리듯 입을 열었다. 순간, 설아는 자신도 모르게 눈을 크게 뜨고 두현을 쳐다보았다.

"알고 계신 게 있죠?"

그러자 잠깐 머뭇거리는 듯하던 두현이 이편으로 고개를 돌려 설아의 총을 내려다보았다.

"네 총 말야. 다른 일본군 총과도 좀 달라. 나비 장식이 있더라. 그 총은 하얼빈 근교에 있는 일본군 733부대의 특수대원들이 쓰는 거야."

"네? 특수부대라니요?"

설아는 놀라서 되물었다.

"말 그대로야. 전쟁을 더 키우려는 일본군이 적의 주요 인물을 암살할 목적으로 훈련시킨 특수부대지."

"헉!"

설아는 자신도 모르게 제 입을 틀어막았다. 그러면 제가 일본군 특수부대원이었다는 건가요, 라고 물을 뻔했기 때문이다. 설아는 어금니를 꽉 물고 잠시 기다렸다. 그러자 두현이 말을 이었다.

"5년 전 겨울, 하얼빈 부근의 한 야산에서 신원을 알 수 없는 여러 명의 아이가 죽은 채로 발견됐어. 현장을 목격한 사람들의 말로는, 일본군이 이 아이들을 어딘가로 데려가고 있었고, 마적단이 이들을 습격해서 모두 사살했다는 것이지."

갑자기 무슨 말을 하고 싶은 걸까. 설아에게는 생뚱맞게 들렸다. 그래서 두현이 뒷말을 이을 때까지 잠시 기다렸다.

"아이들은 물론 호송하던 일본군 절반 이상이 죽었다더라. 그 산속에 살던 화전민 중에 그걸 본 사람이 있다더군."

"그 아이들은 누구죠? 왜 마적단이 아이들을 죽여요? 마적단은 아이들을 잡으면 노예로 팔잖아요?"

설아는 재빨리 되물었다. 하지만 이번에도 두현은 질문에 대한 대답보다는 자신의 말을 이어갔다.

"그 아이들은 좀 남달랐어. 특별했거든."

"특별한 아이라면?"

"발에는 하나같이 족쇄를 차고 있었지."

그 말을 듣는 순간, 설아는 숨을 멈추었다. 갑자기 심장이 터질 듯 뛰었다. 티를 내지 않으려고 애써 낮게 숨을 쉬었다. 할아버지가 남긴 상자 속에서 발견된 족쇄가 떠올랐기 때문이다. 그래서 무어라 대꾸하지도 못하고 두현의 말을 기다렸다.

"마적단이 왜 이들을 죽였을까?"

이번에는 혼잣말처럼 물었다. 그러더니 한동안 말을 꺼내지 않았다. 설아는 뛰는 심장을 손으로 쓸어내리며 두현의 말을 기다렸다.

잠시 후, 두현이 말을 이었다.

"너무나도 이상한 일이어서 독립군 부대 역시 온갖 경로를 통해서 뒤를 추적했지. 그러다가 뜻밖의 사실을 알아냈어. 중국군 장교를 접촉했는데, 이상한 소문이 돌았대."

"무슨……."

"하얼빈 남쪽에 있는 일본군의 한 방역부대에서 멀쩡한 사람들을 상대로 생체 실험을 하고 있다는 거야."

"그게 무슨 말이에요?"

"말 그대로야. 산 사람을 진통제 없이 해부를 하거나, 일부러 전염병에 걸리게 해서 반응을 보기도 한다더군. 멀쩡한 사람의 사지를 잘라 놓고 어느 정도 출혈이 일어나면 죽는지, 그런 끔찍한 실험도 했어. 심지어 산 사람을 자신들의 놀잇감으로 사용했대. 여럿이 돈을 걸고, 포로로 잡은 사람이나 납치한 사람을 기둥에 묶어 놓고 단검을 던져서 심장을 정확하게 맞히는 내기를 하기도 했대. 그들의 실험에는 조선인과 중국인은 물론 노서아(러시아) 사람들도 동원되었대. 이건 이미 여러 경로를 통해서 확인이 된 사실이야."

"서, 설마……."

설아는 온몸을 떨었다. 소름이 끼쳤다. 하지만 그 이야기는 시작에 불과했다.

"그런데 아이들을 대상으로 한 아주 특별한 실험이 있었대. 일본군은 곳곳에서 납치한 아이들에게 아주 특수한 약물을 주입했어. 다양한 성분을 조합해 아이들의 신체 기관을 보통 이상으로 발달시키는 약물이었지. 그 약물은 아이들을 괴물로 만들었어."

"괴물이라니요?"

"약물로 만들어진 아이들은 아무리 뛰어도 지치지 않고, 며칠을 굶어도 견딜 수 있어. 시력, 청력이 보통 사람의 두세 배 뛰어나고, 그 바람에 빠르고 민첩하지. 그런데 아이들을 대상으로 한 실험은 여기서 그치지 않았어. 그런 아이 중 특히 뛰어난 아이들은 733부대란 곳으로 옮겨가 사격술은 물론이고 건장한 어른도 버티기 힘든 온갖 군사 기술과 무술까지 훈련시켰지."

"어린아이들을……. 왜죠?"

"말 그대로 살인 병기를 만든 거야."

"살인 병기? 그 아이들이 바로?"

"그래, 바로 조나단이라 불린 아이들이지."

설아는 이번에도, 제가 조나단이라고요? 하고 물을 뻔했다. 그러나 얼른 입을 닫고 두현의 말을 기다렸다.

"이런 정보를 입수한 중국군이 마적단을 매수해서 그 아이들을 살해했다는 거야. 그 아이들이 어떤 위협이 될지 모르니까. 치명적 무기를 미리 제거한 거지."

하아!

설아는 길게 숨을 내쉬었다. 가슴이 벌렁벌렁 제멋대로 뛰었다.

자신을 주체할 수가 없어서 일어났다가 다시 앉았다가, 또 일어나기를 반복했다. 일본군이 하고 있다는 일들이 너무나 끔찍해서, 그리고 자신이 조나단일지 모른다는 생각에서. 아니, 틀림없을 거라는 확신이 들었기 때문이었다.

설아는 무언가 알 수 없었던 일들이 하나씩 짜 맞추어지는 것 같았다. 그래서 두려웠다. 자신이, 두현이 말한 '괴물'일지도 모른다는 짐작이 분명해지고 있으니까.

"그중에 제가 있었군요. 사사키가 그랬어요. 그 살해 현장에서 세 명의 아이가 살아남았는데, 두 명만이 부대로 돌아갔고, 한 명은 사라졌대요."

"그게 너라고 생각하는 거니?"

"정황으로 보면 제가……."

"그 총 한 자루 때문에? 넌 할아버지를 따라다니면서 사냥하던 아이야. 할아버지는 명포수로 이름난 분이셨고. 그분한테 배웠으면 지금의 네 사격 실력이 그쯤은 돼도 이상하지 않아."

"하지만 할아버지는 화승총을 쓰셨어요. 이 총은 일본군의 최신 무기이고요."

그렇게 말하다가 설아는 제풀에 깜짝 놀랐다. 자신도 모르게 총의 개머리판에 붙어 있는 나비 장식을 만지고 있었기 때문이다.

설아는 고개를 가로젓는 두현에게 한마디 더했다.

"그뿐만 아니에요. 저도 그 괴물과 똑같아요. 아무리 달려도 지치지 않고, 늑대와도 싸웠어요. 위험한 상황이 닥치면 온몸의 감각이 살아나요. 나도 모르게 민첩해지고……. 오라버니도 보셨잖아요."

"하지만……."

"머릿속에서 누군가의 목소리가 들리곤 해요. 그러면 나도 모르게 생각보다 몸이 먼저 움직여요."

"설아야!"

"물론 나도 믿고 싶지 않아요."

"그래. 알아. 민 포수님 연락을 받고 달려갔을 때, 거의 다 죽어가는 너를 처음 보았지. 미안하지만…… 네 온몸을 살폈어. 어린 아이치고 손에 굳은살이 단단하게 박여 있었고, 근육이 남다르게 발달해 있었어. 몸 곳곳에 주사를 맞은 흔적도 보였고."

그 말에 설아는 심장이 차갑게 식어 가는 기분이 들었다. 두현이 의전을 다니다가 왔다는 사실이 새삼 떠올랐다. 동시에 그가 본 게 맞다면 자신이 조나단이었음은 틀림없는 사실이란 생각이 들었기 때문이다.

설아는 입술을 깨물었다. 그때 두현이 말을 이었다.

"몸 곳곳의 뼈가 골절되고 동상까지 심했는데, 살아 있는 게 신기했지. 내 추측이 맞다면, 역설적이게도 네가 그곳에서 맞은 주사와 훈련된 몸이 너를 살렸던 것 같아. 하지만 그렇더라도…….”

“그것 봐요! 일단 확인해야겠어요. 내가 누구인지 말이에요. 사사키를 만나야겠어요.”

설아는 두현의 말을 끊고 힘주어 말했다. 그리고 자신도 모르게 벌떡 일어났다. 하지만 그 순간, 두현이 설아의 입을 막았다. 동굴 쪽에서 누군가 내려오고 있었기 때문이다. 두현은 설아를 끌어당겼다. 그리고 너럭바위 아래로 몸을 낮추었다. 뜻밖에도 달빛에 드러난 얼굴은 원주댁이었다.

원주댁은 아주 조심스럽게, 간간이 동굴 쪽을 힐끗거리면서 아래쪽으로 걸어갔다. 그러자 두현이 그 뒤를 살금살금 따랐다.

“뭘 하려고요?”

설아는 두현의 팔을 붙잡았다.

“요즘 원주댁이……. 아니, 나중에 말해 줄게. 너는 동굴로 되돌아 가 있어. 떠나더라도 지금은 아니야.”

하지만 설아는 고개를 저었다. 그러자 두현은 하는 수 없다는 듯 조심스레 앞서간 원주댁의 검은 그림자를 따랐다.

원주댁은 가문비나무와 잎갈나무가 무리 지어 자란 숲을 한참이나 내려갔다. 어느 쯤에서부터 원주댁이 자꾸 뒤를 돌아보는 바람에 설아와 두현은 자주 멈추어야 했다. 바람이 불어 이파리가 부딪는 소리가 가끔 빗소리처럼 들렸다. 오히려 다행이란 생각이 들었다. 뒤쫓는 소리를 감출 수 있으니까.

원주댁은 조금 더 나아갔다. 그러더니 절벽 앞에서 멈추어서 무언가 주머니에서 꺼냈다. 설아와 두현은 굵게 자란 나무 뒤편에 몸을 감추었다.

"삐이, 삐이이이!"

풀피리 소리였다. 도대체 무얼 하는 것일까, 싶었는데 오래지 않아 어디선가 산비둘기가 날아왔다. 산비둘기는 원주댁이 내민 팔에 앉았고, 원주댁은 산비둘기의 다리를 이리저리 만지는 듯하더니 다시 날려 보냈다. 새는 절벽 아래로 재빨리 사라져 버렸다. 그러자마자 원주댁이 이편으로 몸을 돌렸다. 달빛에 그녀의 얼굴이 희미하게나마 드러났다.

그때 두현이 앞으로 나서며 총을 들어 원주댁을 겨누었다.

철컥!

총알을 장전하는 소리가 유독 크게 들렸다. 그 바람에 설아는 덩달아 긴장했고, 자신도 모르게 두현처럼 원주댁을 향해 총을 겨누었다. 당장이라도 방아쇠를 당길 기세였다.

"아주머니셨군요."

"헉! 두, 두현아! 어떻게 여길……. 설아까지!"

원주댁은 적잖이 놀란 듯했다.

"그동안 산막이 노출되어 공격을 받고, 우리가 여러 번 위기에 빠진 게 아주머니 탓이었군요. 어떻게 이럴 수가 있어요?"

소리를 높이면서 두현은 총구를 더 바짝 원주댁을 향해 들이 댔다.

"아, 아니야. 뭔가 오해하고 있는 거야. 네가 무슨 소리를 하는 건지 모르겠어."

"전서구*를 날리셨잖아요."

"그, 그건……."

"백두 대장님이 진작부터 내부 첩자를 의심하고 있긴 했어요. 그게 원주댁 아주머니일 줄은 몰랐어요."

"아니야. 산막 사람들을 위험에 빠뜨리려던 건 아니었어. 작전을 방해한 것도 아니고 나는 다만……."

원주댁은 고개를 저었다. 그 순간 설아의 머릿속에 한 가지 생각이 스치고 지나갔다.

"그럼 저였군요? 아주머니가 사사키에게 저에 대한 정보를 알린 것이로군요."

"설아야!"

"장비우육에서 저를 홀로 두고 간 것도 저를 사사키에게 넘기기 위한 것이었죠? 일전에 작전을 나갔을 때도 사사키에게 미리 알렸고요? 제가 놈의 뒤를 쫓도록 말이에요. 덕분에 저는 함정에 빠졌어요."

"설아야……."

* 통신에 이용되는 비둘기.

원주댁은 그 자리에 털썩 주저앉았다.

"왜 그러셨어요?"

설아는 주먹을 꼭 쥐고, 그러나 차분하게 물었다. 하지만 원주댁은 고개를 떨어뜨린 채 소리를 내며 울었다.

설아는 잠시 기다렸다. 그러나 원주댁은 쉽게 입을 열지 않았다. 그러자 두현이 나섰다.

"일단 동굴로 돌아가세요. 가셔서 말씀하세요."

그러자 원주댁은 깊은숨을 내쉬더니 입을 열었다.

"나한테 아이가 있단다. 지금은 열네 살이 되었을 거야."

"갑자기 무슨 말이에요?"

"어느 날 아이가 납치됐어. 연변 시내에서 감쪽같이 사라진 거야. 몇 날 며칠을 백방으로 찾아다녔지. 심지어 마적단에 돈을 주고 아이를 찾아 달라고 부탁도 했어."

두현이 언성을 높였지만, 원주댁은 젖은 목소리로 말을 이어갔다. 두현도 더 이상 원주댁을 다그치지 않았다.

"그러던 어느 날, 마적단의 한 사람으로부터 아이가 어느 일본군 부대로 납치되었다는 것을 알았지. 그리고 그 부대에서 생체실험을 하고 있다는 것도."

"뭐, 뭐라고요?"

"하얼빈에 있는 그 방역부대 말인가요?"

설아와 두현이 동시에 물었다. 그러자 원주댁이 고개를 들었다. 그리고 말했다.

"마, 맞아. 두현이 너도 그 부대에 대해 알고 있었어? 그래, 넌 의전을 다녔으니까 알 거야. 일본군이 산 채로 사람의 배를 가르고, 머리를 쪼갠대. 발가벗겨서 눈 속에 묻어 놓고 얼려 죽이는 실험도 한댔어. 내 아이가 그곳에 끌려간 거야. 그래서 하얼빈까지 무작정 달려갔어. 물론 그 부대에는 들어가 보지도 못했지만……."

"그래서요?"

두현이 무심한 듯 물었다.

"더 놀라운 소식도 들었어. 아이 중 일부는 또 다른 부대로 끌려가서……."

"733부대 말인가요?"

"그래. 그랬던 것 같아. 그곳으로 끌고 가 어른들도 버티지 못하는 지독한 훈련을 시켜 살인 병기로 만든다는 거야. 너무나 무서워서 사방에 도움을 요청했는데, 그러던 참에 마적단이 다리를 놓아 줬어. 그리고 한 사람을 만났지."

"그가 사사키였군요."

"맞아. 사사키가 아이를 만나게 해 주겠다고 했어. 살려 줄 테니 자기가 시키는 대로 하라고 했어. 나는 그를 붙잡고 매달렸어."

"그래서 산막의 작전을 알려 주고 우리를 위험에 빠뜨린 것이군요."

"아니야. 내가 맡은 임무는 그게 아니었어. 사사키는 독립군 따위는 관심이 없댔어. 그런 건 다른 일본군이 알아서 한다며 자신의 관심은 오직 하나라고 했어."

원주댁은 고개를 저었다. 그러더니 설아를 쳐다보았다. 달빛에 원주댁의 일그러진 얼굴이 어렴풋이 보였다. 그 순간 설아는 가슴이 탁 막혔다.

"역시 저였군요. 할아버지가 돌아가시던 날 사사키가 우리 집에 찾아왔던 것도……."

"사사키가 여자아이를 찾는다고 했어. 그래서 병풍마을과 인근에 있는 마을을 돌아다니면서 네 또래의 여자 아이가 살고 있는 집을 알려 줬을 뿐이야. 처음엔 머리가 붉고, 보통의 아이보다 뛰어난 능력을 가진 아이라고 했지. 그래서 넌 아닐 거라 생각했어. 네가 할아버지와 함께 산막에 올 때, 머리는 항상 검었으니까. 최근에야 네 머리가 붉은 것을 알았지. 그때만 해도……."

"그래서 저를 유인했군요."

"특별한 아이라고 하더구나. 그 아이가 있어야 무슨 실험이 끝난다고 했어. 내가 아는 건 그뿐이야."

"결국 민 포수 영감님이 돌아가신 것도 아주머니 때문이었네요."

두현이 끼어들었다. 그 순간, 할아버지 얼굴이 떠오르며 가슴이 뜨거워졌다. 하지만 그보다 더 극심한 고통이 가슴을 찢는 듯했다. 두현이 말한 '괴물'이 자신이었음을 원주댁을 통해 확인한 순간이었다.

"미안해. 아이를 지키고 싶었어. 자기 말을 듣지 않으면 아이를 생체 실험에……."

원주댁은 차마 말을 잇지 못하고 다시 흐느꼈다.

"아주머니, 어떻게 그럴 수가 있어요. 아주머니가 그런다고 왜놈들이 아이를 그냥 내버려 둘 것 같아요?"

"그럼, 어떻게 해? 그 방법밖에 없었어."

"그래서 아들은 만났어요?"

"아니, 차를 타고 지나가는 모습만 보았어. 그래서……."

두현과 원주댁이 한마디씩 주고받았다. 원주댁은 울먹이면서도 말을 이어 나갔다.

그때쯤, 설아는 원주댁에게 물었다.

"그래서 지금은 뭐라고 보냈나요? 제가 여기에 있다고 알리신 거예요?"

"아니야! 차마 너를 더 고통스럽게 할 수가 없었어."

"그럼, 뭐죠?"

"사사키는 내일모레까지 너를 연길로 데려오라 했어. 하지만 네가 이곳에 없다고 했어. 사라진 것 같다고……. 정말이야!"

"거짓말! 이제 아주머니 말을 믿을 수가 없어요."

원주댁의 말에 두현이 소리를 높였다. 하지만 설아는 두현의 말이 끝나자마자 원주댁에게 말했다.

"그럼, 가요! 사사키한테!"

"무슨 말을 하는 거야? 어딜 간다는 거야? 죽으려고 작정했어?"

두현이 어이가 없다는 듯 큰 소리로 말했다. 원주댁도 무슨 의미인지 고개를 가로저었다. 하지만 설아는 한 번 더 분명하게 말했다.

"갈 거예요. 가서 확인할 게 있어요."

"설아야, 왜 이래. 도대체 뭘 더 확인한다는 거야?"

"그래. 가면 안 돼! 너를 죽일지도 몰라."

두현과 원주댁이 차례로 말했다. 하지만 설아는 고개를 저었다.

"내가 정말 괴물인지 확인해야 하잖아요. 내 아버지와 어머니가 누군지도. 도대체 머리가 왜 붉은지도 말이에요. 그리고 사사키가 내게 동생이 있다고 했어요."

"설아야!"

원주댁이 일어나 애원하듯 설아의 팔을 잡았다. 그러나 설아는 담담하게 말했다.

"앞장서요. 만날 거예요."

그리고 설아는 원주댁의 팔을 잡았다. 하지만 두현이 그런 설아의 앞을 가로막았다.

“무슨 짓이야! 절대 안 돼! 너를 위험하게 둘 수 없어. 일단 동굴로 돌아가서 백두 대장님과 상의하자. 그게 옳아.”

“아니에요. 백두 대장님도 못 가게 하실 거예요. 어차피 전 떠나려고 했으니까, 지금 가는 게 옳아요. 아주머니, 어서 가요.”

“아니, 보낼 수 없어. 백두 대장님이 특별히 부탁하셨어. 너를 잘 돌보라고. 그게 내 임무이기도 해.”

“오라버니! 제발 보내 주세요. 반드시 다시 돌아올게요.”

“안 돼!”

두현은 소리쳤다. 그러더니 느닷없이 총을 겨누었다. “돌아가! 어서! 원주댁 아주머니도 마찬가지예요! 어서요!”

섣부른 장난이 아니었다. 두현은 정말로 소리를 높여 말했다. 게다가 곧바로 실탄을 장전하는 소리가 들렸다. 그러자 원주댁이 설아의 팔을 붙잡았다. 그리고 왔던 방향으로 두어 걸음 옮겼다. 설아도 따라서 서너 걸음 걸었다. 그러자 두현이 총을 내려 어깨에 멨다.

그 순간, 설아는 돌아서며 자신의 총을 거꾸로 들어 두현의 옆머리를 비켜 때렸다.

“어억!”

짧은 비명과 함께 두현이 쓰러졌다.

“설아야, 무슨 짓을 한 거야?”

"잠시 기절시켰을 뿐이에요. 한 시간 정도 지나면 깨어날 거예요."

그렇게 말하며 설아는 두현을 바람이 잘 들지 않는 바위 밑으로 옮겨 놓았다. 옷을 잘 여미어 주고 자신이 걸쳤던 은여우 외투를 덮어 주었다. 그런 다음 원주댁에게 말했다.

"자, 이제 가요!"

그러자 어쩔 수 없다는 듯 원주댁은 앞서 걷기 시작했다. 기다렸다는 듯 바람이 더 거칠게 불어왔다.

조나단 1125號

설아는 해 질 무렵까지 기다렸다가, 금색 글씨로 만리장성이라고 쓴 간판이 붙어 있는 요릿집 정문으로 들어갔다. 넓은 음식점 안은 금색과 붉은색으로 칠해진 기둥과 수없이 매달아 놓은 색색의 등롱 때문에 매우 화려해 보였다. 손님들은 하나같이 반듯한 서양식 옷차림이거나 청나라식 비단옷을 말끔히 차려입은 사람들이었다. 간간이 마적단이 입는 털가죽 옷을 입은 사내들도 있었는데, 어디를 보아도 설아가 가장 남루해 보였다. 그 때문이었는지 손님들 몇몇이, 그리고 식탁 사이를 지나는 여자 종업원들이 이쪽을 힐끔거리곤 했다.

설아는 신경 쓰지 않고 용의 그림이 그려진 붉은 기둥 아래쪽에 있는 식탁에 앉았다. 그리고 위층을 한 번 쭉 돌아보았다. 그리고 원주댁의 말을 떠올렸다. "오른쪽 계단으로 올라가서 쭉 걸어가면 끝 방이야. 방문 위에 '竹'이라 써 있어. 사사키는 항상 그 방에 묵고 있어." 멀어서 잘 보이지 않았지만, 금색의 글자가 보이긴 했다. 광목천으로 둘둘 감은 총을 의자 옆에 세워 놓고, 설아는 태연한 척 기다렸다.

그 사이에 손님들이 더 많아졌다. 대부분은 사내들이었고, 가족인 듯한 무리도 있었다. 홀로, 그것도 여자아이는 설아뿐이었다. 잠시 후 남자 종업원이 다가와 중국말로 주문을 요청했다. 설아는 대답하지 않고 그가 내민 차림표에 가장 위쪽에 있는 글자를 가리켰다. 그러자 종업원은 고개를 끄덕이고는 주방 쪽으로 돌아갔다.

설아는 초조했다. 애써 아무 일도 없는 체하고 있었지만, 연신 옆에 세워 둔 총을 만지작거렸다. 또 몇 명의 손님이 들어섰고 요릿집 안은 조금 더 시끄러워졌다. 그때까지 아무 일도 일어나지 않았다. 심장은 더 빨리 뛰기 시작하는데, 원주댁은 무얼 하고 있는 걸까?

문득 그럴 리는 없다고 생각했지만, 원주댁이 그새 달아난 것은 아닐까 하는 생각이 들었다. 하지만 설아는 억지로 고개를 내저었다. 산을 내려오면서 원주댁과 나눈 말이 생각났다. 설아가 "사사키에게 내가 사라졌다는 연락을 보낸 것이 사실이라면, 왜 그랬느냐?"라고 물었을 때, 원주댁은 "내 자식 하나 지키기 위해서 너무 많은 사람을 위험에 빠뜨리는 것 같아."라고 답했다. 더하여 "고민을 많이 했단다. 사사키가 내게 그랬어. 안나, 아니 네게, 동생을 만나고 싶으면 빨리 와야 할 거라고. 아니면 동생이 죽을 수도 있다고." 그 말에 설아는 어금니를 꽉 깨물었다. 사실인지 아닌지 모를 말에 흔들릴 수 없어서였다. 그런데 원주댁이 한마디 더했다. "하지만 이제는 사사키를 믿을 수 없어."라고.

머릿속이 혼란스러웠다. 어디까지가 진실이고 어디까지 거짓인지. 원주댁도 마찬가지였다. 그 때문에 설아는 원주댁을 향해, "하지만 난 아직도 아주머니를 믿어야 할지 잘 모르겠어요."라고 솔직하게 말했다. 그 말에 원주댁은 "그 말도 이해는 돼! 하지만 정말 내가 너를 사사키에게 또 넘기려 했다면, 진작에 네게 연길로 가자고 했겠지. 하지만 이제는 더 못하겠어."라면서 자포자기한 듯한 표정을 지었다.

그 말에 설아는 얼결에 고개를 끄덕이긴 했다. 하지만 지금까지 감쪽같이 속여 온 원주댁이었기에 끝까지 의심의 한끝을 놓을 수가 없었다. 바로 지금이 그랬다. 도대체 원주댁은 지금 어디서 무얼 하고 있는 걸까. 설아는 원주댁이 자신을 안심시켜 놓고, 그 사이에 다시 사사키에게 자신을 넘길지도 모른다는 생각이 들기 시작했다.

설아는 사방을 돌아보았다. 요리점 안을 다시 재빨리 둘러보았고, 창밖도 살폈다. 다행히 아직 수상한 조짐은 보이지 않았다.

설아는 다시 위층을 올려다보았다. 바로 그때였다. 요리점 안의 전등이 갑자기 꺼졌다 켜지기를 반복하더니 곧바로 모든 전등이 꺼졌다. 사방이 일시에 캄캄해졌고, 그 바람에 요리점의 손님들이 너 나 할 것 없이 소리를 쳤다.

"왜 이래? 무슨 일이야?"

"불을 켜라고! 이봐, 뭐 하는 거야?"

아무리 소리를 질러도 전깃불은 다시 켜지지 않았다. 밖에서 비치는 불빛만 요리점 안으로 희미하게 스며들었다.

설아는 자리에서 일어나며 총을 집어 들었다. 총을 감쌌던 광목천을 풀고 곧바로 계단을 향해 걸어갔다. 서둘지 않았다. 마음의 다짐이 더 필요했다. "요리점의 모든 불을 끌게. 발전기를 끄면 전부를 끌 수 있다고 했어. 넌 불이 꺼지면 그걸 신호로 알고 2층으로 올라가면 돼!"라고 했던 원주댁의 말을 떠올리며 계단 앞에 다다랐다. 그리고 그 순간부터 설아는 빠르게 움직였다. 재빨리 계단을 오르고 거의 뛰다시피 빠르게 걸었다. 2층의 복도는 꽤 어둑했지만 설아에게는 문제가 되지 않았다. 이전에도 그랬듯 긴박한 순간이 다가오면 온몸의 감각들이 다른 때보다 더 민감하게 반응하므로.

설아는 맨 끝방 앞에 섰다. 문 위쪽에 어렴풋하게 '竹'자가 보였다. 설아는 조심스럽게 문손잡이를 잡았다. 그 순간 안에서 인기척이 들렸다. 그리고 거의 동시에 문이 열렸다. 설아는 문 뒤에 숨었고, 다시 문이 닫히자 사사키의 등이 보였다. 아래층은 여전히 아수라장이었다.

설아는 총을 들어 사사키의 머리를 노리고 탄알을 장전했다.

철컥!

어느 때보다 경쾌한 소리였다. 바로 그 순간, 앞으로 나아가려던 사사키가 문득 멈추더니 뒤돌아섰다.

"안나, 네가 돌아왔구나!"

그 말에 머리끝이 쭈뼛 서는 기분이 들었다. 생각 같아서는 당장 놈의 머리에 총알 구멍을 내고 싶었다.

"원주댁의 말로는 네가 사라졌다던데……. 이제 나와 함께 돌아가기 위해서 온 것이냐?"

설아가 아무 말도 하지 않자 사사키가 한마디 더 했다.

"혼란스러운 것 안다. 하지만 내 말을 믿어야 해. 그래야 네 동생도 살릴 수 있으니까!"

"내가 정말 조나단이에요?"

사사키의 말에 설아는 건조한 목소리로 되물었다. 살짝 떨렸지만, 총구는 흔들리지 않았다.

"그래. 이제 좀 기억이 나는 것이냐? 넌 누구보다 훌륭한 조나단이었지. W1125."

순간 설아는 흠칫 놀랐다. 할아버지의 궤짝 속에 있던 족쇄에서 본 숫자였다. 그 때문에 설아는 아무 말도 하지 못했다. 그러자 기다렸다는 듯 사사키가 말을 이었다.

"그래. 좀 혼란스러울 것이다. 죽었다가 살아났으니, 기억을 잃을 만도 하고. 하지만 넌 대일본제국을 위해 새로 태어난 아이다. 네가 가진 능력 모두 천황 폐하께서 하사하신 선물이야. 자, 그러니 이제 돌아가서 대일본제국의 승리를 위해 싸우는 것만이 천황 폐하께 은혜를 보답하는 길이다."

사사키는 한마디 한마디에 힘을 주어 말했다. 하지만 설아는 그게 무슨 뜻인지도 몰랐고, 알고 싶지도 않았다.

"내가 조나단이든 아니든, 난 절대 되돌아갈 생각이 없어요. 당신들은 내 할아버지를 죽인 원수일 뿐이에요. 가만두지 않을 거예요. 당신도!"

"무슨 말이냐? 버려진 아이를 데려다가 정성껏 돌봐 주고 이렇게 훌륭한 전사로 키워 줬는데, 은혜를 원수로 갚겠다고?"

사사키가 소리를 높였다. 설아는 물러서지 않고 총구를 놈의 머리에 들이밀었다. 순간 그는 흠칫 놀라더니 다시 입을 열었다.

"잘 생각하거라. 더구나 넌 온전히 조선인도 아니야. 네가 왜 조선인들의 독립운동을 돕고 있단 말이야?"

"무슨 뜻이죠?"

"네 머리칼이 왜 붉은지 모르겠느냐? 네 얼굴은 어떻고? 유독 뾰족한 코와 짙은 눈썹은 물론 푸른빛이 도는 네 눈동자 말이다.”

“시끄러워요. 어떤 말을 해도 난 당신을 따라가지 않아요. 그리고 버려졌다고? 거짓말! 당신들이 아이들을 납치해서 생체 실험을 벌이고 있다는 것쯤은 나도 알아요. 원주댁의 아이도 그래서 납치했던 것이고!”

설아는 자신도 모르게 목소리를 높였다.

“그렇다면 왜 여기까지 왔느냐? 왜 날 찾아왔지?”

“당신이야말로 왜 하필 나를 이토록 끈질기게 따라다니는 거죠? 당신들이 자행한 그 무지막지한 실험에서 유일하게 살아남았기 때문에?”

“잘 알고 있구나. 그래. 너는 조나단 중에서도 가장 완벽하게 만들어졌어. 누구보다 빠르고 정확하고 목표에 대한 집중력도 좋았지. 다른 아이들과는 비교가 되지 않았어. 네 동생도 뛰어났지만, 너와는 비교가 되지 않았지. 그래서 우리는 네가 필요해.”

“동생이라니?”

‘동생’이라는 단어에 몸이 움찔했다. 물론 지금 사사키의 말이 사실인지 거짓인지 알 수 없었지만.

“그래. 넌 네 동생과 함께 버려졌지. 너와 무척 닮았어. 그 오뚝한 코와 푸른빛이 도는 눈동자 말이다. M0902가 기억나지 않느냐? 마적단의 습격으로부터 네가 구해 줬다고 하던데?”

"뭐라고?"

설아는 자신도 모르게 인상을 찌푸렸다. 사사키의 말을 듣는 순간, 갑자기 머리가 아팠고, 알 듯 모를 듯한 기억들이 떠올랐다가 사라졌기 때문이다. 산속에 버려진 한 아이를 구했던 일과 그 아이의 발목에서 보았던 숫자, M0902. 그리고 거친 산길을 오르내리며 그 아이와 함께 달아나다가 마침내 홀로 절벽 아래로 굴러떨어진 기억……. 그것이 꿈이 아니라 현실이라고?

설아는 고개를 저었다. 지금까지 그 조각난 기억이 여전히 진짜 겪었던 일인지 악몽에서 보았던 장면인지 구분할 수가 없었다. 그런데 모두 진짜로 겪은 일이었다니? 설아는 무척이나 혼란스러웠다.

"자, 이제 총을 내려놓고 내 말을 듣거라. 모든 것을 말해 줄 테니. 네 엄마가 왜 노서아로 떠났는지……."

바로 그때였다. 아래층의 소란이 조금은 잦아들었다, 싶었는데 한마디 외침이 들렸다.

"설아야! 왼쪽으로 피해!"

원주댁의 목소리였다. 설아는 재빨리 돌아보았고, 어둠 속에서 무언가 반짝 빛났다. 다름 아닌 바깥의 희미한 빛에 반사된 총신이었다. 그걸 깨닫는 순간, 설아는 재빨리 몸을 피했고, 동시에 총구가 불을 뿜었다.

탕!

설아는 재빨리 몸을 돌려 총알은 피했지만, 그러느라 비틀거렸다. 그와 동시에 사사키는 재빨리 계단 아래로 뛰어내렸다. 설아도 그 뒤를 따랐지만, 2층 복도 저편에서 연이어 총알이 날아왔다.

탕! 탕탕!

그 바람에 사사키를 뒤쫓지 못하고 기둥 뒤에 숨어야 했다. 아래층에서는 사람들의 비명이 들렸고, 식탁과 의자가 넘어지는 소리로 요란했다. 설아는 숨을 고르고 어떻게 해야 할지를 생각했다. 그러나 생각할 시간은 많지 않았다.

"위층이다! 사격해!"

사사키의 목소리가 들렸고, 동시에 아래층에서도 총알이 날아왔다. 일본군 병사들인 듯했다. 못해도 서너 명은 되어 보였다. 안 되겠다, 싶어서 설아는 사사키가 나왔던 방문을 열고 안으로 들어갔다. 방 한가운데를 지나쳐 창문을 열었다. 그리고 한 발 내밀었다.

"설아야, 여기!"

원주댁이었다. 일단 설아는 뒤를 돌아볼 것도 없이 내리뛰었다.

"아악!"

왼쪽 발목에 강한 통증이 일었다. 접질린 듯했다. 그 바람에 얼른 일어나지 못하고 설아는 주춤거렸다. 그러자 원주댁이 달려왔다.

"괜찮니? 다친 거야?"

"괘, 괜찮아요."

설아는 몸을 일으켰다. 그리고 원주댁이 이끄는 대로 골목길을 달렸다. 하지만 생각보다 쉽지 않았다. 왼쪽 발목의 통증이 조금씩 더 심해졌기 때문이다. 그렇다고 멈출 수가 없었다. 조금 전 뛰어내렸던 창 쪽에서 연신 총알이 날아와 땅바닥이며, 골목 양쪽으로 튀었다. 모퉁이 하나를 돌자 총소리는 잠잠해졌지만, 연신 뛰어야 했다.

"저쪽이다! 반드시 잡아야 해!"

사사키의 목소리가 다시 한번 들려왔다. 그리고 병사들의 요란한 발자국 소리도 들렸다. 그나마 다행인 것은, 원주댁이 골목길을 아주 잘 알아서 이 모퉁이 저 모퉁이를 돌고, 남의 집 문을 열고 들어가 반대쪽 문으로 나가며 일본군을 따돌렸다는 것이다. 물론 여전히 저편 어디선가는 병사들이 소리치고 있었지만.

"빠져나갈 수 있을까요?"

사람이 지나다니지 않는 골목 한 귀퉁이에서 설아는 자신도 모르게 중얼거리듯 말했다. 숨을 몰아쉬며 벽에 기댔다. 그러나 원주댁은 아무런 대답을 하지 않았다. 설아는 그것이 무슨 의미인지 알 것 같았다.

설아는 사방을 살폈다. 일단 어느 쪽으로든 움직여야 할 것 같아 왼편 길로 나섰다. 그 순간, 군홧발 소리가 요란하게 들렸다. 그 바람에 설아는 얼른 돌아서 반대편 길로 나섰다. 원주댁이 옆에서 설아를 부축하며 따랐다. 하지만 그마저도 발길을 멈추어야 했다. 그쪽에서도 소리가 들려왔기 때문이다.

"이쪽이다!"

누군가의 목소리가 들렸다. 그러자마자 원주댁은 마침 골목 한쪽의 허름한 나무 대문을 열고 안으로 들어갔다. 안에 있던 사람들이 화들짝 놀라며 소리를 쳤다. 그러거나 말거나 원주댁은 그 집안을 휘젓더니 사람들을 향해 '쉿!' 하고는 발이 쳐진 방으로 설아를 밀어 넣었다.

"숨어 있어. 내가 저들을 따돌릴 테니까. 알았지?"

그러더니 원주댁은 다른 쪽 문을 열고 바깥으로 나갔다. 설아는 방 안쪽에 있는 커다란 옷장 속으로 몸을 숨겼다. 그리고 잠시 후, 일본군 병사 둘이 들이닥치는 소리가 들리고, 주인을 향해 방금 들어온 사람들이 어디로 갔냐고 물었다. 노인은 원주댁이 간 방향을 가리켰다. 병사 둘은 방안을 휘돌아보더니, 노인이 가리킨 쪽으로 뛰어갔다.

"저쪽이다, 잡아!"

시간이 조금 지나서 그 소리가 들렸고, 잠시 후 잠잠해졌다. 그제야 설아는 옷장에서 나왔다. 노인 하나가 무표정으로 설아를 쳐다보았다. 그 앞에는 예닐곱 살쯤 되어 보이는 여자아이가 눈을 동그랗게 뜨고 두려움에 떨고 있었다. 그 뒤로 젊은 두 남녀가 보였다.

"미안해요. 나중에 신세는 꼭 갚겠습니다."

그리고 설아는 일어나 밖으로 나갔다. 그런데 바로 그때였다.

탕!

"안 돼!"

총소리와 원주댁의 목소리가 동시에 들렸다. 어디서 나타났는지 원주댁이 설아의 앞을 막아서는 듯하더니 스르르 무너져 내렸다. 그리고 또 한 발의 총소리가 더 들렸다.

탕!

원주댁이 한 번 더 꿈틀거렸다. 얼결에 끌어안은 원주댁의 어깨에서 피가 흘러내렸다. 설아는 재빨리 원주댁을 담장 옆으로 뉘어 놓고 사방을 휘돌아보았다. 오른쪽 위편의 담장 위에 저격수가 보였다. 사사키는 아닌 것 같았다. 설아는 재빨리 놈을 조준해 총을 쏘았다. 그러자 놈이 몸을 꿈틀대며 담 아래쪽으로 떨어져 내렸다.

"아주머니! 아주머니, 정신 좀 차려 봐요!"

설아는 한 손으로는 총을 들고 한 손으로는 원주댁을 흔들어 댔다. 땅바닥에 피가 흥건했다.

"설아……."

원주댁이 겨우 입을 열었다.

"왜 그랬어요? 네? 왜 그랬냐고요?"

설아는 원망하듯이 소리를 높였다.

"살아서…… 돌아가. 꼭……. 내 아이, 수호……. 눈 밑에 까만 점……. 어서 가!"

그리고 원주댁은 고개를 떨어뜨렸다.

"아주머니!"

설아는 소리를 질렀다. 그러나 원주댁은 더 이상 대답이 없었다. 설아는 어쩔 줄 몰랐다. 어떻게 해야 하는지 얼른 판단이 서질 않았다.

그런데 그때 저편 앞에서 누군가가 다가왔다. 사사키였다. 바깥의 상점에서 비추는 희미한 불빛만으로도 그가 분명해 보였다. 그는 권총을 겨누고 이쪽으로 천천히 걸어오고 있었다.

"역시 조선인들은 이래서 믿을 게 못 돼! 항상 이렇게 배신을 하거든!"

사사키는 빈정대며 다가왔다. 얼른 총을 집어 들까 생각했지만, 그보다는 사사키가 빠를 듯했다. 설아는 잠시 기다렸다.

사사키가 조금 더 가까이 다가와 말했다.

"너도 이젠 더 이상 살려 둘 수가 없겠어. 정말 고집 세고, 악질인 건 네 어미랑 똑같구나. 참, 조선인들이란……."

"뭐라고? 내 어머니? 어디 있어. 내 어머니는 누구지?"

"이제 와서 그걸 알아 무엇하게? 네가 이렇게 죽을 처지에 놓인 것도 모르는 어미를 이제 와서 왜 찾는 거야?"

"나쁜 놈!"

"그래. 말했다시피 나는 널 살려서 733으로 데려가려 했다. 네가 누구보다 훌륭한 조나단이었으니까. 그런데 널 보니, 역시 조선인들이란 어쩔 수 없는 미개한 종족이란 생각이 드는구나."

그러더니 사사키는 설아의 심장을 향해 권총을 겨누었다. 설아는 앉은 채로, 어쩌지 못하고 놈의 얼굴만 바라보았다. 모든 게 끝났구나, 싶었다.

그런데 바로 그 순간, 다시 한번 총소리가 들렸다.

탕!

사사키가 어깨를 맞고 옆으로 밀려났다. 동시에 설아도 벌떡 일어나 사방을 돌아보았다. 아까 저격수가 있던 반대편 건물 옥상에 누군가가 보였다. 그러자 처음 원주댁을 저격했던 병사도 그를 향해 응사했다.

설아는 일어나 저편으로 뛰어간 사사키를 향해 총을 겨누었다.

"멈춰! 사사키! 나는 네놈들의 조나단이 아니야. 네놈들이 나에게 준 총으로 네놈의 심장을 쏠 거야! 기다려! 꼭 기다리란 말야!"

그러나 이미 사사키는 골목을 돌아 사라진 뒤였다.

설아는 아까 저격수가 있던 쪽을 바라보았다. 그리고 뛰었다. 왼발의 통증이 심했지만, 참았다. 다른 놈은 몰라도 그 놈만은 잡고 싶었다.

설아는 달렸다. 한 발씩 내디딜 때마다 발목이, 그리고 무릎까지 찌릿했다. 그때였다.

"설아! 멈춰! 돌아가야 해!"

소리를 따라 올려다보니 뜻밖에도 두현이 왼편 건물 위에서 소리치고 있었다.

"오라버니, 어떻게 된 거예요?"

"어떻게 되긴! 깨어나자마자 대장님께 말씀 드리고 무말랭이 형님이랑, 이레 스님을 모시고 왔지. 총소리가 나서 무작정 이쪽으로 달려온 거야."

두현 옆에 이레 스님의 모습이 보였고, 그 옆 건물에서도 누군가 손을 흔들었는데, 무말랭이 아저씨인 듯했다. 설아는 그들을 향해 외치듯 말했다.

"고마워요! 인사는 나중에 할게요!"

그리고 설아는 다시 달렸다. 저격수가 있던 담장 위로 뛰어올랐다. 과연 핏자국이 보였다. 담장 위에, 그리고 그 아래쪽에. 주변은 어둑했지만, 핏자국을 더듬어 나갔다.

어느 즈음에서였을까. 막 골목을 돌아가는 누군가의 그림자가 얼핏 보였다. 설아는 재빨리 총을 조준한 채 그가 돌아간 모퉁이로 들어섰다. 큰길로 나가는 쪽이었다.

하지만 바로 그 순간, 시커먼 그림자가 설아를 덮쳤다. 설아는 반사적으로 피하며 놈의 옷자락을 잡아끌었다. 그 바람에 둘 다 총을 놓치고 바닥에 나뒹굴었다. 얼른 몸을 추스르고 바로 섰다. 그리고 놈을 마주 보았다. 뜻밖에도 소년이었다.

아!

자신도 모르게 깊은숨이 새어 나왔다. 사방이 그리 밝지 않아서 얼굴을 자세히 확인할 수는 없었지만, 도리어 자신보다 어려 보였다. 소년도 당황하는 것 같았다. 총에 맞은 한쪽 팔을 부여잡고 이쪽을 노려보고 있을 뿐이었다. 설아는 이러지도 저러지도 못한 채 잠시 마주보고 서 있어야 했다. 이상하게 더 이상 몸이 움직여지지 않았다.

왜일까. 앳된 모습이어서 그런 걸까. 아니면 낯이 익어서일까. 실제로 설아에게는 알 수 없는 한 어린아이의 얼굴이 떠오르긴 했다. 하지만 꿈에서 본 그 얼굴과 형체는 비슷해도 어두운 그림자 때문에 확신할 수가 없었다.

그렇다면 소년은 왜 저러고 있는 걸까. 소년도 설아를 공격하려 하지 않았다. 알 수 없는 막막함 때문에 설아는 그냥 얼굴만 쳐다보며 머뭇거렸다.

그때, 어디선가 총소리가 들렸다. 순간, 소년이 먼저 움찔 몸을 떨었다. 설아는 반사적으로 저편에 뒹굴고 있는 총에 눈이 갔다. 설아는 천천히 총이 있는 쪽으로 움직여 갔다. 그러자 소년도 똑같이 한 걸음씩 총을 향해 다가갔다.

그리고 마침내 총 가까이 다가갔을 때, 얼른 들어 소년을 겨누었다. 소년도 똑같이 총을 들어 설아를 조준했다. 그런 채로 또 시간이 흘러갔다.

설아는 검지손가락에 방아쇠를 살짝 대고 있었지만, 차마 당길 수가 없었다. 숨을 멈춘 채로, 놈의 심장을 겨누고 있었지만, 아무것도 할 수가 없었다.

'뭘 하는 거야! 쏴! 쏘란 말야!'

머릿속에서 누군가가 재촉했다. 그럼에도 불구하고 설아는 방아쇠를 당기지 못했다. 도리어 먼저 뒤로 한 발 물러났다. 그러자 마주 서 있던 소년도 뒤로 한걸음 물러났다. 약속한 듯 둘은 천천히, 서로를 겨눈 채 한 발짝씩 뒷걸음쳤다.

'내가 지금 무얼 하고 있는 걸까?'

설아는 그런 생각을 하면서도 또 한 걸음 뒤로 물러났다.

마침내 골목 끝에 다다르자 소년이 먼저 골목 모퉁이로 사라졌다. 그리고 뒤미쳐 설아도 이쪽 골목으로 몸을 숨겼다. 저편에서 소년이 멀어져 가는 발자국 소리가 들렸다. 그리고 그때, 뒤에서 두현이 나타났다.

"설아야, 괜찮은 거야?"

비로소 설아는 긴 숨을 내쉬며 털썩 주저앉았다.

소녀 저격수

원주댁이 죽은 지 꼭 스무날이 지났다. 설아는 죄책감이 컸다. 이미 자신이 조나단인 것을 알고 있었으면서 구태여 원주댁을 앞세워 사사키를 찾아간 게 잘못이었다. 굳이 확인했어야 했나, 싶은 생각이 머릿속을 무겁게 짓눌렀다. 아니라고 말해 주길 기대했던 걸까. 잠깐이라도 그런 생각을 했던 자신이 어리석게 느껴졌다.

동굴로 돌아온 뒤, 두현의 도움으로 접질린 다리는 말끔히 나았지만, 마음의 상처는 더 깊어졌다. 죄책감에 더하여 잃어버렸던 기억들이 조금씩 돌아오면서, 머릿속의 혼란이 극심해졌고 마음 둘 곳을 찾지 못했다. 이따금 건네는 두현의 위로도, 백두 대장의 말 없는 토닥거림도 도움이 되지 않았다.

어느 날에는 자신이 괴물이라는 생각에 스스로가 두려워졌다가, 금세 자신을 그렇게 만든 자들에 대한 복수심이 들끓기도 했다. 그런 날은 산속을 뛰어다니며 소리를 질러 댔다. 그런가 하면 어떤 날은 '나는 도대체 어디서 온 걸까? 나의 아버지와 어머니는? 정말 버려진 걸까? 동생이 있다는 말이 사실일까?'라는 물음이 목을 죄어 숨이 막혔다. 그뿐만 아니라 골목길에서 마주친 저격수에게는 왜 총을 쏘지 못했는지도 의문이었다. 아니, 그 역시 총을 겨누었으면서도 뒤로 물러난 이유는 무엇 때문일까. 아직까지 확신할 수 없지만, 왠지 모르게 낯설지 않은 얼굴이어서? 그렇다면 그 소년은 왜 그랬을까?

머릿속은 하루도, 아니 단 한순간도 편한 날이 없었고, 온갖 생각들로 뒤범벅되어서 잠들기 힘들었고, 잠깐 잠이 들어도 악몽과 함께 깨어나곤 했다.

"휴우!"

자신도 모르게 긴 숨을 내쉬었다. 그리고 고개를 들었다. 멀리 완연히 초록으로 변한 산자락들이 한눈에 들어왔다. 설아는 잠시 그 산등성이를, 그리고 그 위쪽으로 파랗게 펼쳐진 하늘을 바라보았다. 그런데 하필이면 그때, 흰 나비 한 마리가 눈앞에서 맴돌았다.

"나비!"

설아는 자신도 모르게 중얼거렸다.

나비는 곧 나풀거리다가 비탈에 삐죽 자란 붉은색 두메양귀비 꽃에 내려앉았다. 그런 채로 나비는 가만히 날개를 접었다가 폈다가를 반복했다. 설아는 한동안 나비를 쳐다보았다. 그때, 잃어버렸던 또 하나의 기억이 떠올랐다.

"너희들은 나비다. 나비는 날갯짓을 해도 소리가 나지 않지. 그렇게 은밀하게 적진 깊숙이 침투하는 게 너희들의 임무야."

그리고 그 목소리의 주인도 알 것 같았다.

사사키!

설아는 자신도 모르게 그 이름을 중얼거렸다. 그러고는 어금니를 꽉 물고 주먹을 쥔 채 온몸을 떨었다. 그것이 신호라도 되는 듯 나비는 훌쩍 날아올라 수풀 저편으로 사라졌다.

그리고 얼마쯤 시간이 지났을까. 뒤편에서 기척이 들렸다. 돌아보니 백두 대장과 두현이 다가오고 있었다. 그 너머로 동굴 입구가 보였는데, 이미 대원들 대부분이 나와서 떠날 채비를 차리고 있었다. 설아는 일어났다.

가까이 다가선 두 사람을 번갈아 쳐다보았다. 아무 말도 하지 않았고 표정도 굳어 있었지만, '어찌 할 셈이냐?'라고 묻는 것 같았다. 그래서 설아는 자신도 모르게 먼저 입을 열었다.

"떠나라고 하면 떠나겠습니다."

그 말에 백두 대장의 표정은 변하지 않았고 두현은 미간을 살짝 찡그렸다. 곧바로 백두 대장이 답했다.

"떠나고 남을지는 네 마음에 달렸다. 하지만 너에 대한 나의 기억은, 민 포수 영감님의 손녀라는 것뿐이다. 영감님은 비록 우리와 같은 산막에서 지내지는 않았지만, 누구보다 조선의 독립을 열망하시던 분이셨다."

"하지만 저는 대장님이 그토록 증오하시는 왜놈이 만든 괴물일 뿐입니다."

"무슨 말이냐? 어찌 그런 말을 해?"

설아의 말에 두현이 나섰다. 그러자 백두 대장이 손을 저어 두현의 입을 막으며 말했다.

"네 마음을 말해 보거라. 여기서 떠난다면, 무얼 할 셈이냐? 할아버지를 따라 포수라도 될 셈이냐? 그 총으로?"

"아니요. 놈들이 내게 준 이 총으로, 그들의 심장을 겨눌 것입니다. 자신들이 만든 나비가 이제는 매가 되어, 아니 독수리가 되어 돌아왔다는 것을 알릴 것입니다. 그리하여 그들이 얼마나 잔인한 짓을 했는지 뼈저리게 후회하도록 해 줄 것입니다."

설아는 주먹을 꼭 쥔 채 말했다. 스무날 동안 온갖 생각의 소용돌이 속에서도 그 마음만은 자라고 또 자랐다. 그 때문에 목소리가 자신도 모르게 커졌고, 동굴 안에서 울렸다.

백두 대장은 고개를 끄덕였고, 잠시 생각에 잠긴 듯했다. 조금 더 시간이 지나서 입을 열었다.

"그럼, 함께 싸우겠다는 뜻으로 받아들여도 되겠느냐? 더구나 이번 작전은 알다시피 매우 위험한 일이다."

"알고 있습니다."

"그리고 이곳에 남으면, 너를 지켜 줄 사람이 아무도 없다. 이전까지는 민 포수 영감님의 손녀였지만, 이제부터는 독립군 대원의 일원이 되는 것이야. 우리는 함께 싸우지만 스스로 살아남아야 한다. 그래도 괜찮겠느냐?"

"스스로 지키며 싸우겠습니다."

"알겠다. 그럼, 이제부터 너 자신을 지키고 조선을 지켜라! 너는 두현과 함께 가라! 우리가 무얼 하는지는 들어서 알고 있을 것이다. 자세한 네 임무는 두현에게 들으면 된다. 꼭 살아서 만나자."

그리고 백두 대장은 설아의 어깨를 두어 번 토닥였다. 그러더니 동굴 앞에 모여 선 대원들을 향해 외쳤다.

"자, 출발합시다!"

설아는 백두 대장의 뒷모습을 잠깐 쳐다보고 두현에게 시선을 돌렸다. 두현은 고개를 끄덕였다. 그리고 백두 대장의 뒤를 따라 동굴 쪽으로 걸었다. 설아는 뒤를 쫓았다. 자신도 모르게 자꾸만 주먹이 쥐어졌다. 그리고 또 버릇처럼 고개를 끄덕이기도 했다.

두현은 자신이 먼저 말에 오르고, 설아의 손을 잡아 끌어 뒤에 태웠다.

말은 앞서가는 대원들의 뒤를 따라 천천히 산길을 내려갔다. 설아는 조금 전과는 또 다른 긴장감으로 몸이 살짝 떨렸다. 그걸 아는지 모르는지 두현은 한동안 아무 말도 하지 않았다. 어쩌면 두현 자신도 이전과는 또 다른 큰 전투를 치러야 하기 때문인지도 모른다는 생각이 들었다. 아니, 그것은 두현만이 아닐 것이다. 모든 대원이 내일 새벽부터 벌어질 큰 싸움에 목숨을 걸어야 할지도 모른다는 생각 때문에 저마다 가슴을 졸이고 있을지도 몰랐다.

사나흘 전, 늦은 밤 동굴에서 백두 대장과 몇몇 대원들이 나누던 이야기가 새삼 떠올랐다.

……얼마 전, 도문* 지역에서 활동하던 독립군 대원들이 일본군 연락병을 사로잡았는데, 놈에게서 심상치 않은 문서를 발견했답니다. 그 문서에 따르면 두만강 일대를 수비하고 있는 일본군이 천여 명의 병력을 동원하여 만주토벌대를 만들고 두만강 북쪽 일대에 자리 잡고 있는 독립군 부대를 일시에 소탕한다는 내용이었습니다. 일본군의 이동 경로는, 나흘 뒤 해남촌을 지나 자라 계곡과 삼둥지 마을, 그리고 율령 고원을 지난 후, 가장 북서쪽에 자리 잡은 조선독립단부터 정북 방향의 대한항일군, 그리고 동쪽의 독립청년결사대를 차례로 격파한다는 내용입니다.

* 두만강 상류 부근 마을.

또 다른 산막에서 온 대원이 그렇게 말했는데, 이곳을 찾아온 이유는 간단했다. 세 곳의 독립군 부대가 일본군이 지나가는 길목에 있는 율령 고원 위쪽에 일제히 집결해 아래쪽에서 올라오는 일본군을 격파하자는 작전을 세웠다는 것이다. 그러기 위해서는 세 곳의 독립군 부대가 한곳으로 모여야 할 시간이 필요하다는 것, 즉 일본군의 행군을 늦출 필요가 있다는 내용이었다. 이를테면 천보산 일대의 산막에 주둔하고 있는 독립군 대원들이 다른 산막의 대원들과 합세해 일본군의 후미를 공격하여 일본군의 행군 속도를 조금이라도 늦추어 달라는 내용이었다.

긴박한 모양이었지만, 설아는 그 이상은 알 수 없었다. 일단 더 자세한 내용은 두현에게 들으라 했으니 따르면 될 것 같았다.

얼마쯤 내려왔을까. 백두 대장의 목소리가 들렸다.

"자, 여기서 나누어 간다. 내일 새벽까지 목적지에 도착해야 한다. 서둘러라! 각자의 임무를 마치고 꼭 살아서 만나자!"

백두 대장의 말이 끝나자마자 대원들은 두 방향으로 흩어졌다. 절반은 백두 대장을 따라가고 절반은, 부대장 격인 이레 스님을 따랐다. 두현은 이레 스님이 가는 방향으로 말을 몰았다. 그 앞으로 솔뫼와 연민철, 이길조 아저씨와 열 명쯤이 따라갔다.

서너 차례 잠깐 쉬고 도착한 곳은 자라 계곡 입구였다. 해가 지는 중이었고 절벽의 그림자가 계곡 깊숙이까지 파고들었다.

"예정대로라면 내일 새벽, 일본군이 이 아래를 지나갈게요. 허면, 우리는 여기서 또 둘로 나눠 계곡 양편 산 위에 숨었다가 일본군의 꼬리를 공격하면 되는 것이란 말이오. 거리를 유지한 채 숨어서 저격하고, 행여 일본군이 쫓아오면 무조건 달아나시오. 나와 함께 여기 온 사람들은 모두가 다 만만치 않은 저격수들이요. 그러니 힘써 주시오."

설아는 자신도 모르게 고개를 끄덕였다. 자신을 왜 이리로 데려왔는지 알 것 같았다.

이레 스님이 한마디 더 했다.

"행여 절대 맞설 생각 마시오. 또 다른 산막에서도 온다니까 겁먹지 말고. 자, 이쪽에는 이길조, 연민철, 두현 대원과 설아가 남고 나머지 넷은 나와 함께 길 건너편 산 위로 갈게요. 내일 새벽에 삼둥지 마을에서 만납시다. 거기서부터는 함께 움직이는 거요."

이레 스님은 당부하듯 말하고 절벽 아래쪽으로 내려갔다. 그러자마자 이길조 아저씨가 앞으로 나섰다.

"오늘은 여기서 대충 잠을 청하고 새벽이 되면, 조금 더 아래로 내려가기로 하세. 자, 여기에 주먹밥이 있으니까, 어서 먹고."

그리고 자신이 타고 온 말 엉덩이에 매달고 온 보퉁이를 하나 내려놓았다. 이길조 아저씨는 먼저 주먹밥을 하나 꺼내더니, 한쪽으로 굽어져 자란 소나무 아래로 가서 비스듬히 기댔다. 두현이 주먹밥을 꺼내 설아와 연민철 아저씨에게 건넸다. 설아는 주먹밥을 받아들고 커다란 돌덩이 옆에 앉았다.

"이런다고 일본군이 꼼짝이나 할까요?"

"계란으로 바위 치기지 뭐겠어. 허지만 뭐, 그 바위에 계란 칠이라도 해 봐야 않겄어?"

"우린 늘 그래 왔죠, 뭐! 그래도 왜놈 하나라도 쫓아낼 수 있다면 그게 어디에요?"

"그랴. 그래서 우리가 이러고 있는 것이고. 그나저나 두현이 자네는 공부도 했다면서 어째 여까지 왔어. 우리야 뭐, 농투산이덜이지만 난 자네 같은 젊은이들은 참 아깝단 말이지."

"독립운동을 하겠다는데 배우고 안 배우고가 무슨 상관이에요. 배워도 그걸 써먹을 나라가 없는데요."

셋은 서로 거리를 두고 앉아 이런저런 이야기를 나누었다. 설아는 그 이야기를 들으면서 딱딱해진 주먹밥을 입안으로 욱여넣었다. 그리고 그 주먹밥을 다 먹었을 때쯤, 사위는 완전히 어두워져서 바로 앞에 있는 두현의 얼굴마저 잘 보이지 않았다. 달이 뜬 듯도 한데, 숲에 가려져 형체만 보일 뿐이었다.

어디선가 짐승의 울음소리가 들렸고, 가까운 곳에서는 풀벌레가 울었다. 그때까지도 셋은 띄엄띄엄 이야기를 나누었고, 조금 더 시간이 지나자 누군가의 코 고는 소리가 들렸다.

설아는 눈을 감았다. 뜨고 있을 때와 별반 차이가 없긴 했다.

하지만 눈을 감자 온몸의 긴장감이 조금 누그러드는 듯도 했다. 그러자마자 설핏 잠이 몰려왔다. 자신도 모르게 고개를 떨어뜨렸다.

그러나 잠자리는 여전히 사나웠다.

어제도 그제도 그랬듯이, 또 산과 들판을 쉼 없이 뛰어다니고, 알 수 없는 검은 그림자를 총으로 쏘고, 도망 다니다가 쓰러지고……. 그러다가 원주댁이 살려 달라고 외치는가 하면, 골목길에서 만난 저격수 소년의 얼굴이 나타났다. 깨어났다가 다시 잠들자 이번에는 침대, 아니 수술대 위에 누워 있는 자신의 모습이 보였다. 흰색 가운을 입은 사내들이 두런두런 이야기를 나누면서 팔과 다리에, 그리고 뒷머리에 주사를 놓았다. 그런 다음에는 일으켜 투명한 컵에 담긴 샛노란 물을 마시게 했다. 그러자마자 온몸에 경련이 일어나서 몸이 제멋대로 떨었다. 흰 가운을 입은 사람들은 설아를 쳐다보면 고개를 갸웃거리더니 다시 수술대 위에 눕혔다. 눈을 까고 눈동자 위에 새파란 약을 서너 방울 떨어뜨렸다. 그러자 잠깐 동안 앞이 보이지 않았다. 귓속에도 뜨거운 액체가 흘러 들어갔다. 나중에는 설아의 온몸 곳곳에 가느다란 선을 연결했다. 곧 몸 곳곳이 찌릿찌릿했다. 시간이 더 지나자 무언가 뾰족한 것이 사방에서 찌르는 것 같았고, 설아는 그걸 참지 못하고 비명을 지르며 정신을 놓았다…….

깨어 보니 여전히 사방이 캄캄했다. 설아는 다시 잠들지 않기로 했다. 잠든 뒤에 끊임없이 쫓아오는 악몽이 깨어 있을 때 휘몰아치는 기억보다 더 끔찍했기 때문이다.

무성해진 나뭇잎 사이로 달이, 그리고 반짝이는 별이 소금을 뿌려 놓은 듯 언뜻언뜻 보였다. 할아버지와 평상에 누워 별을 바라보던 때가 생각났다. 아니, 일부러 그 광경을 떠올렸다. 달빛에 비친 할아버지의 웃는 모습이 생생하게 눈앞에 그려졌다. 설아는 자신도 모르게 미소를 지었다가 속삭이듯 말했다.

"미안해요, 할아버지."

그 말을 몇 번이나 반복했다. 하늘에 대고 자꾸만 똑같은 말을 읊조렸다.

그런데 그때였다. 검은 하늘의 먹빛이 조금 연해졌나, 싶은 생각이 들 때쯤, 꽤 먼 곳에서 낯선 소리가 들렸다. 새소리도 짐승의 울음소리도 아니었다. 땅이 울리는 소리였다. 설아는 귀를 쫑긋 세웠다. 조금 시간이 지나자 또 다른 소리도 들렸다. 이번에는 말굽 소리였다. 설아는 자신도 모르게 누구에게랄 것도 없이 말했다.

"일본군이에요! 일본군이 오고 있어요."

그 말에 가장 먼저 두현이 일어났다. 나머지 두 사람도 차례로 일어나 계곡 아래쪽을 내려다보았다. 이길조 아저씨가 외눈 망원경을 꺼내 계곡 입구 쪽을 한참이나 바라보았다. 그러더니 고개를 끄덕였다.

"자, 우리도 이제 내려가 보세."

셋은 각자 옷을 단단히 여미고 실탄 띠를 둘렀다. 총을 들어 이리저리 살핀 다음 어깨에 맸다. 이길조 아저씨가 비탈을 내려가기 시작했다. 연민철 아저씨가 따랐고, 설아는 맨 뒤에서 두현의 뒤를 좇았다.

이길조 아저씨는 소나무 숲이 끝나는 곳에서 멈추었다. 그 아래로는 때늦은 산철쭉이 흐드러지게 피어 있었다.

"여기가 좋겠네. 각자 흩어져서 몸을 숨길 곳을 찾아 매복하세. 우리는 계곡 건너편 숲에서 이레 스님이 공격을 시작하면 그때 함께 움직이면 되네. 반대편 퇴로를 잘 확인해 두는 것도 잊지 말게. 자, 흩어지세."

이길조 아저씨가 서둘러 말하고 왼편으로 달려갔다. 뒤이어 연민철 아저씨가 사방을 두리번거리더니 조금 더 아래로 내려가 소나무 숲과 산철쭉이 경계 쯤에서 자리를 잡았다.

그때, 앞뒤를 훑어보던 두현이 문득 설아에게 뒤쪽의 한곳을 가리켰다. 주변의 다른 소나무에 비해 유독 가지가 굵고 굽어 자란 소나무가 한눈에 들어왔다. 설아는 이유를 묻지 않고 그쪽으로 걸어갔다. 그리고 생각할 것 없이 아래쪽으로 쓰러져 자란 듯한 나무 위로 올라갔다.

나무의 중간쯤 높이에 이르자 계곡이 더 잘 보였다. 무엇보다 그쯤에서 굵은 나뭇가지가 양쪽으로 갈라졌는데, 살짝 엎드리듯 사격 자세를 취하기도 좋았다. 잔가지가 사방으로 뻗쳐 있어서 총신을 걸쳐 놓고 지탱하면 흔들림도 없을 듯했다. 그뿐만 아니라, 나머지 세 사람이 몸을 숨기고 있는 위치까지도 분명하게 보였다. 두현이 설아에게 구태여 이쪽으로 가라고 한 이유를 알 것 같았다.

잠시 후, 일본군이 일장기를 앞세우고 계곡 길 안으로 완전히 들어왔다. 행렬이 길게 이어졌다. 기마병이 못해도 백 기는 되어 보였고, 보병까지 합하면 삼사 백 명은 되는 듯했다. 천 명쯤 된다고 한 것 같은데 생각보다 많은 숫자는 아니었다. 그래도 설아는 이토록 많은 일본군을 한 번에 보기는 처음이었다. 그래서일까. 또 다른 긴장감에 가슴이 뛰기 시작했다.

설아는 여러 번 길게 숨을 들이쉬고 내쉬었다. 그런 다음 앞쪽으로 휘어진 굵은 가지에 몸을 실었다. 총을 들어 일본군 쪽을 향했다. 그런 채로 잠시 기다렸다.

얼마나 시간이 지났을까. 멀리서 총성이 울렸다. 건너편 이레스님 쪽에서 나는 소리는 아닌 것 같았다. 일본군 행렬의 앞쪽인 듯했다. 총성은 처음엔 간헐적으로 이어지다가 연속으로 이어졌다. 직감적으로 오면서 갈라졌던 백두 대장이 행렬의 앞쪽을 공격하는 게 아닌가 싶었다.

그때쯤 행렬 뒤쪽의 속도가 더뎌졌다. 아니, 그런가 싶었는데, 이번에는 조금 더 가까운 곳에서 총소리가 울렸다.

탕, 타탕, 탕!

계곡 반대편의 이레 스님 쪽에서 나는 총소리였다. 동시에 행렬 끝머리에 있던 일본군 몇 명이 한 번에 쓰러졌다. 그리고 그것을 신호로, 아래쪽에 있던 이길조 아저씨와 연민철 아저씨가 잇따라 총을 쏘았다. 두현도 합세했다.

탕탕! 탕!

설아는 서둘러 총알을 장전했다. 그리고 우왕좌왕하는 일본군을 조준했다. 가장 먼저 가늠자 안에 들어온 것은 칼을 들고 소리치는 군인이었다. 얼핏 보아도 지휘관 중 하나가 아닐까 싶었다. 그런데 그때 머릿속에서 누군가가 말했다.

'심장이 아니면, 머리를 겨냥해! 한 번에 적의 숨통을 끊어 놓으란 말야!'

그 말에 설아는 자신도 모르게 숨을 훅 뱉어 내고 말았다. 그러는 바람에 총신이 흔들렸고, 결국 방아쇠를 당길 수 없었다. 가슴이 뛰었다. 갑작스레 두려워졌다. 아무리 적이지만 사람을 죽이는 일이었다. 그런 생각이 들자 지금껏 한 번도 총을 쏘면서 상대의 심장을 겨누어 본 적이 없다는 사실을 깨달았다.

머릿속에서는 여전히 누군가가 재촉했다.

'단 한 번에 숨통을 끊어야 해!'

하지만 설아는 고개를 저었다. 자신이 없었다.

일단 설아는 다시 칼을 휘두르던 지휘관을 조준했다. 그리고 쏘았다. 탕, 소리와 함께 놈의 어깨가 뒤로 훅 꺾어지는 모습이 보였다. 칼이 나동그라지고 놈은 땅바닥에 뒹굴었다. 설아는 연이어 다른 병사들의 어깨와 다리를 조준해 쏘았다. 그때마다 일본군 병사들도 하나둘씩 쓰러졌다.

그런데 잠시 후, 갑자기 저편에서 일본군 기병이 나타났다. 스무 기 이상은 되는 듯했다. 그러자마자 이길조 아저씨가 소리쳤다.

"후퇴해!"

그 말에 연민철 아저씨와 두현이 얼른 산 위쪽으로 오르기 시작했다. 하지만 설아는 서둘지 않았다. 가장 앞에 달려오는 기병을 향해 총을 겨누었다.

"설아, 뭘 하는 거야?"

두현이 소리쳤다. 하지만 설아는 돌아보지 않고, 이편을 조준한 채 말을 타고 달려오는 맨 앞의 일본군 병사를 향해 한 발을 더 쏘았다.

탕!

일본 병사가 허리를 꺾으며 말에서 떨어졌다. 동시에 두현이 한 번 더 외쳤다.

"설아야, 산 위로 달아나!"

그제야 설아는 재빨리 아까 내려왔던 길을 따라 다시 비탈을 올라갔다. 서너 걸음 먼저 언덕 위로 올라간 두현은 이미 말에 올라 설아에게 손을 내밀었다. 하지만 설아는 자신도 모르게 다시 언덕 아래쪽을 향해 바로 섰다. 그리고 잠시 기다렸다.

"설아야! 어서 말에 타!"

뒤쪽에서 두현이 소리쳤다. 하지만 설아는 돌아보지 않았다. 조금 시간이 지나자 소나무 숲 사이로 언뜻언뜻 일본군 기마병의 모습이 보였다. 다섯 명의 기마병이 언덕을 오르기 시작했다. 설아는 총을 들어 침착하게 가장 앞선 기마병을 조준했다.

탕!

일본군 기마병은 이번에도 어깨를 맞고 말에서 떨어졌다. 설아는 그 뒤편의 기마병들도 하나씩 쏘았다. 놈들은 말 위에서 떨어져 땅바닥을 굴렀다. 고통스러운 듯 비명을 질렀다.

탕, 탕탕, 탕탕!

연이어 다섯 번의 총성이 울렸다. 기마병은 차례로 말에서 떨어지고 말들은 이리저리 흩어졌다. 설아는 총을 내려놓고 재빨리 아래로 내려갔다. 뒤에서 다시 한번 설아를 부르는 두현의 외침이 들렸다. 하지만 설아는 더 아래로 내려가면서 자신도 모르게 오른손 엄지와 검지를 입 안에 넣고 휘파람을 불었다.

"휘익! 휘이익!"

그러자 방향을 잃고 오가던 말 한 마리가 이편으로 달려왔다. 설아는 재빨리 말에 올라타서 다시 비탈을 올랐다.

"서, 설아야! 넌 도대체……."

놀란 듯 두현이 큰 눈을 뜨고 깜박거렸다. 그 뒤에서 기다리던 두 아저씨도 어이없다는 표정으로 설아를 쳐다보았다.

"모, 모르겠어요. 생각보다 몸이 먼저 움직였어요."

설아는 얼결에 그렇게 말했다. 하지만 틀린 말이 아니었다. 어느 순간, 생각할 틈도 없이 총에 먼저 손이 갔고, 다섯 발의 총을 쏘는 동안, 온몸의 신경이 총 끝으로만 몰렸다.

"어이구! 너는 늬 할아버지를 빼다 박았다. 아무렴! 그 총 솜씨도 배포도……. 아니, 네가 더 낫구나."

"아무리 그래도 위험한 행동을 하면 안 돼. 자, 다시 추격해 올지 모르니까, 어서 다음 장소로 이동하자."

설아가 얼결에 내놓은 말에, 연민철 아저씨와 이길조 아저씨가 차례로 말했다. 두현은 여전히 놀란 표정이었다.

"자, 어서 가자!"

이길조 아저씨가 먼저 출발했다. 그리고 연민철 아저씨가 따랐고, 두현의 고갯짓에 설아가 그 뒤를 쫓았다. 계곡 쪽에서 몇 번 총성이 더 울렸다.

한참 동안 달리기만 했다. 일행은 길도 나 있지 않은 숲으로, 그리고 산길로 말을 몰았다.

되살아난 기억

"자, 저 언덕만 오르면 삼둥지 마을일 게야. 어서 서둘러 보자고!"

"그럽시다. 마을에 가서 말에 물도 먹이고 해야겠소."

이길조 아저씨와 연민철 아저씨가 뒤를 돌아보며 말했다. 그 말에 두현이 말고삐를 바짝 죄었다. 하지만 말은 속력을 내지 못했다. 그럴 만했다. 어제 계곡 입구에서 한차례 일본군의 꽁무니를 공격하고, 달아났다가 다시 돌아와 꼬리잡기를 두 번이나 더 반복했기 때문이다. 특히 두 번째 일본군의 꽁무니를 잡고 달아날 때에는, 달아나는 길이 가파른 언덕이 많았다. 더구나 일본군 기병이 끈질기게 쫓아오는 바람에 쉬지 못하고 오래 달려야 했다. 물론 가까스로 따돌리긴 했지만, 서너 시간 남짓 쉬지도 못한 채 어둠을 뚫고 달려왔으니, 말도 지칠 만했다.

설아 역시 온몸이 무겁기는 마찬가지였다. 하지만 머릿속의 누군가가 끊임없이 말했다.

'이제 시작일 뿐이야. 긴장해! 적은 어디에서 어떻게 나타날지 몰라!'

그것이 사사키의 목소리인지, 자신을 타이르는 말인지는 알 수 없었지만, 가끔씩 반복되는 그 소리에 설아는 잠시 눈을 감았다가도 정신을 차리고 허리를 펴곤 했다.

잠시 후 언덕길이 약간 가팔라졌고, 자작나무 숲이 끝났다. 그러고는 곧바로 잔뜩 구름 낀 하늘이 드러났다. 흰 구름 위로 짙은 회색 구름이 덮여 있었는데 소나기라도 내릴 심산인가 보다, 라는 생각이 들었다. 그러나 그러자마자 서른 보쯤 앞서가던 연민철 아저씨가 앞쪽 하늘을 가리키며 소리쳤다.

"저, 저게 뭐여?"

설아는 하늘을 다시 보았다. 가만히 보니 구름이 아니었다. 그것은 시커먼 연기였다. 반사적으로, 누가 먼저랄 것도 없이 말을 힘차게 몰았다. 그리고 빠르게 언덕 위에 올랐다.

말을 언덕 위에 멈춰 세웠을 때, 삼둥지 마을이 한눈에 내려다보였다. 하지만 그 순간, 숨이 탁 막히고 말았다. 오밀조밀 들어선 집들이 불길에 타오르고 있었기 때문이다. 시커먼 연기가 하늘을 가렸고, 비명이 간간이 들렸다.

"저, 쳐 죽일 놈들!"

"얼마나 살기 좋은 마을이었는데……. 아니, 어째서?"

이길조 아저씨가 기가 막히다는 듯 차마 말을 잇지 못했다. 세 개의 봉우리 사이에 낮게 가라앉듯 자리 잡은 삼둥지 마을은, 연기에 가로막혀 제 모습을 알아보기 힘들었다. 다만 그 연기 너머로 일본군의 행렬만은 어렴풋이 드러났다.

"저런 쳐 죽일 놈들!"

이길조 아저씨도 일본군 행렬을 본 듯했다. 갑자기 소리를 높였다. 그때 두현이 말에서 내려 앞으로 나아갔다.

"서두르지 말게. 자칫 화를 부를 수도 있어."

이길조 아저씨가 급히 두현의 팔을 붙잡으며 말했다.

"알아요. 하지만 마을 사람들 하나라도……."

두현의 목소리가 떨렸다.

"자네가 지금 무슨 말을 하는지 알아. 하지만 서두를 일이 아니야. 이레 스님이 여기서 만나자고 했어. 그때까지 기다리자고. 여긴 어제의 계곡과는 달라. 더 조심해야 해."

설아가 봐도 그랬다. 언덕 아래로 내려오자마자 완만한 경사가 이어졌고, 그 비탈 아래는 마을의 오른쪽 옆으로 널따란 대나무 숲이었다. 대나무가 키 높이보다 훨씬 높게 자라서 몸은 숨길 수 있지만, 혹시라도 눈치채고 기마병이 따라오면 피할 방법이 없을 것 같았다.

하지만 두현은 이길조 아저씨의 팔을 뿌리치고 대꾸했다.

"제가 왜 여기까지 왔는지 아세요? 만세 운동을 하다가 눈앞에서 어머니가 왜놈의 총에 맞아 죽었어요. 그래도 난 아무것도 못 했고요. 이제 총을 들었는데, 놈들은 하나라도 더 없애고, 조선 사람은 하나라도 더 살리고 싶어요."

"알지, 알아. 그래도 이건 아니야. 너무 위험해. 놈들이 반격해 오면 숨을 곳도 피할 곳도 없어."

이길조 아저씨가 소리치듯 말했다.

"제가 알아서 할게요. 뒤에서 위협 사격이나 해 주세요. 조선 사람은 하나라도 구해야 하잖아요."

오히려 두현은 담담하게 말하면서 대나무 숲 한가운데를 헤치고 걸어갔다. 어쩔 수 없이 설아는 뒤를 따라갔다.

대나무 숲 끝에 이르자 마을은 마치 자욱한 안개가 퍼진 것처럼, 뿌연 연기에 뒤덮여 있었다. 두현은 거기서 잠시 앞을 살피더니 냅다 마을 쪽으로 내뛰었다. 반사적으로 설아도 앞으로 나섰다. 하지만 이길조 아저씨가 앞을 막았다.

"안 돼! 넌 여기서 기다리거라."

그러더니 연민철 아저씨와 함께 두현의 뒤를 따랐다. 셋은 연기 속으로 사라졌다. 설아는 그 자리에 서서 무얼 해야 할지 잠시 생각했다. 막연히 기다려야 할지, 아니면 세 사람을 따라 마을로 들어가야 할지 판단이 서지 않았다.

잠시 후 총소리가 여러 차례 들렸다. 설아는 깜짝 놀랐고, 머리칼이 쭈뼛 서는 느낌이 들었다. 이렇게 맥을 놓고 있을 때가 아니란 생각이 스쳤다.

설아는 사방을 두리번거렸다. 대나무 숲 오른쪽 끝에 농막인 듯한 건물이 눈에 들어왔다. 설아는 그쪽으로 달렸다. 대나무 잎이 얼굴과 허리를 때렸다. 갑작스레 마음이 급해졌다. 설아는 통나무를 쌓아 올리듯 지어 놓은 건물 안으로 들어갔다. 농기구가 한쪽 벽면에 가지런히 놓여 있었고, 한가운데는 말린 옥수수와 정확히 무언지 알 수 없는 곡식의 씨앗이 함께 널려 있었다.

천장이 꽤 높았다. 설아는 두리번거리다가 한쪽에 기대 놓은 사다리를 높은 창 쪽으로 옮겼다. 그리고 창을 통해 밖으로 나가 다시 지붕 위로 올라갔다. 지붕 꼭대기에 서자 마을이 좀 더 잘 보였다. 부서지고 불에 그을린 집들 사이를 요리조리 숨어서 움직이는 두현의 뒷모습이 언뜻 나타났다가, 다시 연기 속으로 사라졌다. 그 뒤를 쫓는 두 아저씨의 모습도 보였다.

일단 지켜보는 수밖에 방법이 없었다.

얼마쯤 시간이 지났을까? 다시 총소리가 요란하게 들렸다. 그러나 연기 때문에 먼 곳이 보이지 않았다. 아무리 살펴보아도 어디서, 누가 누구에게 쏘아 대는 총소리인지 확인할 길이 없었다. 설아는 초조해지기만 했다. 차라리 두현의 뒤를 따라가 볼 것을 그랬나, 하는 생각이 들었다. 그래서 자신도 모르게 다시 지붕 아래로 내려가려고 두어 걸음 옮겼다.

바로 그때, 바람이 살짝 부는가 싶었고 그 덕분에 시야가 조금 더 밝아졌다. 타다 만 너와집과 초가집 몇 채가 눈에 들어오는가 싶었는데, 위쪽으로 뻗은 길 왼쪽의 초가집 담장 너머에서 두현과 연민철 아저씨가 뛰어나왔다. 동시에 여러 차례 총소리가 들리고, 두 사람 앞의 담장과 땅바닥에서 총탄이 튀며 먼지가 일어나는 모습이 보였다. 쫓기고 있는 것이 분명했다.

'일본군 기마대?'

그 생각이 스쳤고, 설아는 자신도 모르게 총을 들었다. 순간, 바람이 한 번 더 훅 불었다. 이쪽으로 달려오는 두 사람 너머에 말을 탄 사람들이 나타났다. 그러나 뜻밖에도 일본군 기마대가 아니었다. 마적단이었다. 열댓 명의 마적단이 말을 탄 채 뿌연 연기 너머에서 모습을 드러냈다. 그들이 두현과 연민철 아저씨를 쫓고 있었다.

'그럼, 이길조 아저씨는?'

설아는 자신도 모르게 물었다. 하지만 몸은 이미 총알을 장전했고, 두현을 향해 뒤쫓는 마적단 하나를 향해 총을 쏘았다. 놈은 단숨에 말에서 떨어졌고, 온몸을 뒤틀며 그 자리에 쓰러졌다. 그러자 그 뒤에 따르던 다른 마적단이 주춤거렸다. 설아는 연이어 또 다른 마적 하나를 향해 총을 겨누었고, 주저없이 방아쇠를 당겼다. 그 역시 말에서 떨어졌다.

그 틈에 두현과 연민철 아저씨가 이쪽으로 뛰어왔다. 마적단 무리는 잠시 머뭇거리는 듯하다가 다시 둘을 쫓았고, 그중 몇은 설아를 발견하고 이쪽으로 총을 쏘아 댔다. 총알이 설아의 발아래서 튀었다.

설아는 얼른 굴뚝 뒤편으로 숨었다. 그리고 다시 총을 겨누었다. 하지만 쉽지 않았다. 다시 연기가 그들을 가렸기 때문이다. 그나마 다행인 것은, 두현과 연민철 아저씨가 대나무 숲 쪽에 거의 다다랐다는 것이다. 하지만 거기까지였다. 막 대나무 숲으로 뛰어들었다 싶었는데 연이은 총소리와 함께 연민철 아저씨가 앞으로 고꾸라졌다.

"어억!"

짧은 비명이 이쪽까지 들렸다.

설아는 머리끝이 쭈뼛 서는 듯한 기분이 들었다. 알 수 없는 분노가 가슴 한가운데서 치솟아 올랐다. 설아는 탄창을 갈아 끼우고 다시 마적단을 향해 총을 겨누었다. 연기 속에서 움직이는 모습이 보였다. 설아는 놓치지 않았다.

탕, 탕!

두 발 모두 마적단을 맞추었다. 그러나 그게 끝이 아니었다. 열댓 명인 줄 알았던 마적단은 생각보다 수가 많았다. 그 뒤에 못해도 열 명은 될 듯한 마적단 무리가 이쪽을 향해 달려왔다.

"설아야, 피해! 달아나야 해!"

대나무 밭 저편에서 두현의 목소리가 들렸다. 하는 수 없었다. 설아는 살짝 주저하다가 총을 먼저 땅바닥으로 던지고 지붕에서 뛰어내렸다. 조심한다고 했는데, 앞으로 구르는 바람에 어깨가 돌부리에 긁혔다. 통증이 느껴졌지만 설아는 재빨리 총을 집어 들고 두현 쪽으로 뛰었다. 그런 중에도 총알은 이쪽으로 날아왔고, 대나무 가지가 툭툭 부러져 나갔다.

"오라버니!"

두현의 모습이 보이는가 싶었는데 그 앞에는 연민철 아저씨가 피를 흘린 채 쓰러져 있었다. 그는 숨을 헐떡거리면서 손으로 두현을 밀어내고 있었다.

"얼른……. 얼른 가!"

"아저씨!"

연민철 아저씨의 말에 두현이 소리쳤다.

"빠, 빨리……."

안 되겠던지, 두현이 일어났다.

"죄송해요, 아저씨!"

그렇게 말하고, 두현은 재빨리 설아에게 말했다.

"뛰어!"

두현은 대나무 밭을 헤치고 달렸다. 설아도 바로 뒤를 따랐다. 어느새 발굽 소리가 아까보다 훨씬 가까워져 있었다. 겨누고 쏘는 것인지, 대충 갈겨 대는 것인지 총알이 이리저리 빗발쳤다. 설아는 고개를 잔뜩 숙인 채 두현을 바짝 뒤쫓았다.

"모두 내 탓이야! 연민철 아저씨도 이길조 아저씨도……. 이렇게 놈들이 많을 줄 몰랐어."

두현은 더 말을 잇지 못했다. 그럴 틈이 없었다. 말굽 소리가 바로 옆에서 들리는 듯싶었는데 뒤편에서 시커먼 그림자가 나타났다. 마적이었다. 놈이 이쪽을 향해 총을 겨누는 모습이 보였다. 하지만 두현이 빨랐다. 탕, 하는 소리와 함께 마적이 말에서 떨어져 내렸다.

그 뒤에도 말굽 소리와 대나무가 부러지는 소리가 그치지 않았다. 총소리도 연이어 들렸다. 못해도 서너 명은 아직도 따라오고 있다는 뜻이었다. 그 때문에 허리를 펴고 뛸 수가 없었다. 아니, 나중에는 아예 엎드려야 했다. 그런 채로 두현은 계속 총을 쏘아 댔다. 설아도 소리가 나는 방향을 가늠해 연신 방아쇠를 당겼다. 한두 번은 비명이 들렸지만, 그래도 놈들의 추격은 멈추지 않았다.

문득 기시감이 들었다. 언젠가 마적단에 쫓겨 미친 듯이 달아나던 기억이 떠올랐던 것이다. 그때도 마적단은 사정없이 총을 쏘아 댔다. 함께 도망치던 아이들이 영문도 모른 채 한둘씩 총에 맞고 죽어 갔다. 아무리 도망쳐도 마적단은 끈질기게 쫓아왔다. 곁에 있던 한 아이의 모습도 떠올랐다. 유독 앳돼 보였던 남자아이였다. M0902. 왜인지 알 수 없었지만, 그 아이만은 살려야겠다고 생각했다. 그래서 아이를 바위틈에 숨기고 마적들을 절벽으로 유인했는데…….

헉!

설아는 자신도 모르게 숨이 탁 막혔다. 눈보라가 휘몰아치던 그날의 일이 생생하게 기억났다. 토막토막 끊어진 채로 한 장면씩만 악몽으로 되살아나던 일들이 온전한 모습으로 떠올랐다. 순간, 그때처럼 살아야겠다는 생각이 들었다. 설아는 반사적으로 소리가 들리는 쪽으로 다시 총을 쏘아 댔다. 몇 번이나 탄창을 갈아 치웠다. 하지만 그것도 잠깐이었다.

갑자기 철컥, 하는 소리가 들렸다. 총알이 떨어진 것이었다.

"오라버니!"

설아는 자신도 모르게 두현을 돌아보며 말했다. 그러자 두현이 잠시 생각에 잠긴 듯하더니 말했다.

"설아야, 내 말 잘 들어. 난 왼편으로 뛰어갈 거야. 그쪽으로 놈들을 유인할 테니, 말굽 소리가 멀어지면 넌 반대편으로 달아나. 알았지?"

"네? 오라버니, 그게 무슨 말이에요?"

"이러다가는 둘 다 죽어. 이미 나 때문에 이길조 아저씨와 연민철 아저씨가 죽었어. 너라도 살아야 해."

두현의 목소리는 다급했다. 하지만 설아는 고개를 저었다.

"그럴 수 없어요. 죽어도 같이 죽고, 살아도 같이……."

"제발! 너 하나만이라도 살리고 싶어."

"오라버니!"

"나도 살아서 갈게. 정말이야. 약속할게!"

두현의 목소리는 아주 절실했다. 촉촉이 젖은 눈빛도 외면할 수가 없었다. 하는 수 없이 설아는 고개를 끄덕였다. 그러자마자 두현은 재빨리 일어나 왼편으로 달렸다.

"저쪽이다! 잡아!"

중국말로 누군가 외쳤고, 총소리가 다시 한번 요란하게 들려왔다. 설아는 가만히 엎드린 채 기다렸다. 조금의 시간이 더 흐르자 말굽 소리와 총소리가 조금씩 멀어져 갔다.

'오라버니! 꼭 살아서 다시 만나야 해요!'

설아는 속으로 중얼거렸다. 그리고 주먹을 불끈 쥐고 찬찬히 일어났다. 그때쯤에는 말굽 소리가 한층 더 멀어져 있었다.

이제 달려야 했다. 하지만 설아는 고작 열댓 걸음 만에 다시 멈추어야 했다. 부스럭거리는 소리가 들리는 듯하더니 눈앞에 시커먼 그림자가 나타났다. 엉결에 뒤로 물러서려는데 그보다 빨리 시커먼 그림자가 앞을 막았다. 말을 탄 두 명의 마적이 앞을 가로막았다.

설아는 재빨리 총을 들었다. 그러나 아무리 방아쇠를 당겨도 총알이 나가지 않았다.

꺾인 대나무 줄기 사이로 마적의 얼굴이 드러났다. 하나는 너부데데한 얼굴의 덩치가 큰 사내였다. 밑에서 올려다봐서 그런지 턱이 두 개였다. 왼쪽 뺨에 큰 상처 자국이 있었고, 머리에는 짐승의 가죽으로 된 두건을 쓰고 있었다. 그보다 더 끔찍한 건, 놈이 망나니가 썼음 직한 큰 칼을 들고 있었다는 것이다. 또 다른 하나는 밤색 가죽옷을 입었는데, 호리호리한 체격이었다. 그는 왜인지 알 수는 없지만 검은 천으로 코와 입을 가리고 있었다. 설아를 향해 권총을 겨누고 있었다.

아!

자신도 모르게 탄성이 나왔다. 어떻게 해야 할지 판단이 서지 않았다.

그때 두건을 쓴 사내가 말에서 내렸다. 총을 내려놓고, 대신 큰 칼을 들었다. 설아의 총알이 다 떨어진 것을 눈치챈 모양이었다. 놈이 칼을 휘두를 때마다 옆에 서 있던 대나무 가지가 휙휙 잘려 나갔다. 설아는 온몸을 파르르 떨었다. 자신도 모르게 두어 걸음 물러났다. 그러자 놈이 누런 이빨을 드러내며 웃었다.

"으흐흐흐!"

섬뜩했다. 저 칼에 맞으면 단번에 목이 날아갈 것 같았다. 아니, 놈은 그러려고 일부러 총을 놔두고 칼을 꺼내 든 것이 틀림없었다. 설아는 뒤로 더 물러났다. 그러자 놈은 다시 한번 칼을 휘둘러 댔다. 칼이 허공을 가르는 소리가 무섭게 들렸다. 그리고 하필이면 그때, 뒤로 걷던 설아는 부러진 대나무 가지에 걸려 넘어지고 말았다.

두건을 쓴 사내는 조금 전보다 더 기괴하게 웃으며 다가왔다. 그러더니 칼을 높이 치켜들었다. 설아는 눈을 감았다.

그때, 세 발의 총성이 연이어 들렸다.

탕, 탕탕!

얼결에 눈을 떴는데, 칼을 들고 설치던 두건의 사내가 동작을 멈추었다. 그러더니 놈은 제가 베어 버린 대나무 위로 푹 쓰러졌다. 날카롭게 잘린 대나무가 놈의 몸을 뚫었다. 뒤미처 놈의 목과 머리와 허리에서 피가 흘렀다. 무슨 일일까, 싶어서 고개를 들어 보니 검은 천으로 얼굴을 가리고 있던 사내가 이편으로 권총을 겨누고 있었다. 그는 이미 절명한 사내를 향해 두 발을 더 쏘았다.

설아는 숨을 쉬기가 힘들었다. 지금 무슨 일이 일어난 걸까. 설아는 새파랗게 질린 채 두건의 사내를 쳐다보았다.

잠시 후 사내가 두건을 풀었다. 뜻밖에도 그는 윤길주였다.

"헉! 당신은?"

"그래. 기억하고 있구나."

"도대체 여길 어떻게……."

"적들이 마적단을 매수했다. 뒤쫓는 독립군을 잡으면 크게 후사하겠다고!"

"하아!"

설아는 자신도 모르게 깊은숨을 내쉬었다. 다리가 후들거렸지만, 우선 몸을 일으켰다. 윤길주도 말에서 내려 다가왔다. 그러더니 품속에서 무언가를 꺼냈다. 둘둘 말린 편지였다.

"이것을 가지고 대한항일군의 홍윤도 장군을 찾아가거라."

"네?"

"지금 독립군은 속고 있다."

"무슨 말을 하는 거예요?"

"일본군이 일부러 거짓 작전을 흘린 뒤, 독립군 세 개 부대를 율령 고원으로 끌어들여 양쪽에서 공격하여 몰살하려는 것이야."

"네?"

"네가 뒤쫓던 일본군 말고 또 다른 일본군 추격부대가 이미 율령 고원 뒤쪽에서 기다리고 있다. 절대 율령 고원으로 모이면 안 돼."

"그, 그럼……."

그제야 자신이 마주쳤던 일본군이 삼사백 명밖에 되지 않았다는 사실이 떠올랐다.

"율령 고원이 아닌 지금 대한항일군의 본거지가 있는 철령리 협곡으로 끌어들여 협공해야 한다. 이 편지를 홍윤도 장군에게 전하면 알아서 하실 거다. 꼭 살아서 전해야 한다."

"그, 그게 사실이에요?"

"그래! 서둘러야 해!"

설아의 물음에 윤길주는 고개를 끄덕였다. 그러더니 쓰러진 거구의 사내 어깨에 걸쳐 있던 탄띠를 풀어 설아에게 건넸다. 그러고 보니 두건을 쓴 사내가 가지고 있던 총은 설아의 것과 같은 것이었다. 그런 다음 자신의 권총도 건네주며 말했다.

"그 권총으로 내 팔을 쏘고 어서 떠나거라. 내 말을 타고 가면 돼!"

"그, 그게 무슨 말이에요?"

"내가 독립군의 첩자라는 걸 들키면 안 되니까! 너희들에게 당한 것처럼 속여야지. 마적단도 눈치가 빠른 자들이다."

"하지만……."

"내가 공격당한 것으로 꾸미려는 거야. 그러니 주저하지 말고……."

그래도 설아는 망설였다. 그러자 윤길주는 권총을 다시 빼앗아 들더니, 스스로 제 왼팔을 쏘았다.

탕!

총소리가 대나무 밭에 크게 울렸다. 윤길주는 얼굴을 찡그렸다. 그리고 권총을 설아에게 건네주며 말했다.

"어서 가거라. 그리고……. 네 할아버지 일은 미안하다. 내가 나섰다면 산막 사람들은 더 큰 위험에 빠졌을 거야. 언젠가 내가 꼭 빚을 갚으마. 어서 가!"

윤길주의 말에 설아는 온갖 감정이 교차했다. 무어라고 대답할 수가 없었다.

일단 설아는 말에 올라탔다. 그러자 윤길주가 삼둥지 마을 쪽을 가리키며 다시 입을 열었다.

"저쪽으로 가거라. 지금쯤이면 일본군이 삼둥지 마을을 다 지났을 거야. 삼둥지 마을이 끝나는 부분에 이르면 두 갈래 길이 나올 텐데, 일본군은 왼쪽 길로 갔을 것이다. 너는 오른쪽 길로 가서 산길을 올라가 무조건 북쪽으로 말을 몰아라. 한나절 달리면 율령 고원이 나올 게야. 그 옆에 매바위 산이 보이면 그곳으로 가거라. 그러면 철령리 협곡에 이를 수 있을 것이다."

"하지만……."

"자, 어서!"

설아는 무슨 말이라도 하고 싶어서 입을 열었지만 아무 말도 할 수가 없었다. 그러는 사이 윤길주는 한 번 더 재촉했고, 말의 엉덩이를 때렸다.

설아는 한동안 말이 달리는 대로 내버려 두었다. 머릿속이 온갖 생각들로 복잡하게 뒤엉켜서 무얼 할 엄두가 나지 않았다.

'조금 전까지 무슨 일이 일어난 것일까?'

설아는 자신에게 물었다. 물론 아무런 대답을 할 수가 없었다. 멍하니 앞만 보고, 말이 가는 대로 그저 몸을 맡길 뿐이었다. 그 사이에 말은 아직 검은 연기가 솟아오르는 마을을 지났다. 불타고 부서진 집들이 이어졌다.

문득 연민철 아저씨가 했던 말이 생각났다. 얼마나 살기 좋은 마을이었는데, 저렇게 세 개의 작은 봉우리가 감싼 마을이라 삼둥지 마을이라 불렸는데…….

곧 윤길주의 말대로 마을 길이 끝나고 양 갈래 길이 나왔다. 설아는 말의 고삐를 오른쪽으로 당겼다. 동시에 양발로 말의 옆구리를 찼다. 말이 속도를 내기 시작했다. 설아는 허리를 숙이고 앞만 보고 달렸다. 윤길주의 말대로 곧 산길이 나왔다. 길이 가팔라졌고 속도는 느려졌다. 길마저 사라지고 그저 나무와 풀이 무성히 자란 비탈만 이어졌다. 말을 재촉했지만 험한 산길에서 말은 더 속도를 내지 못했다.

어느 즈음에서 경사가 완만해졌지만, 방금 전보다 더 깊은 숲이 나왔다. 빼곡하게 자란 이름 모를 나무들이 하늘을 뒤덮고 있었다. 그 때문에 사방이 어둑했다. 문득 무서워졌고, 느닷없이 '왜 내가 지금 여기에 있는 것일까?' 하는 생각이 들었다.

설아는 고개를 저었다. 그리고 빠르게 달렸다. 아무 생각도 하지 않으려 애쓰면서 몸을 낮춘 채 말에게 몸을 맡겼다.

하지만 그렇게 한참을 달리다가 문득, 이전에 했던 질문들의 대답이 하나둘씩 고개를 들었다. 그 답은 되돌아온 기억의 일부에 들어 있었다. ……어떻게 방역부대까지 가게 되었는지는 여전히 기억나지 않았다. 하지만 그곳에서 실험용 동물처럼 온갖 약물을 먹었고 주사를 맞았다. 그러다가 함께 끌려온 수많은 아이가 죽었다. 살아남은 아이들은 733부대로 이송되었고, 그곳에서 혹독한 군사훈련을 받았다. 사격술은 물론 검술, 무술, 말타기까지. 툭하면 이름 모를 산에 버려졌고, 그것을 나비 단장은 생존훈련이라고 불렀다. 더하여 외국어 교육은 물론 암호해독 기술도 배웠다. 어린아이들에게는 어느 것 하나도 과하지 않은 것이 없었지만, 살기 위해서 어떻게든 버텨야 했다.

돌이켜 보면 자신의 몸이 위기에 자연스럽게 반응했던 이유가 거기에 있었다. 늑대를 만났을 때도 그렇고, 사사키와 마주쳤을 때도 마찬가지였다.

그 생각이 되살아 오르자 설아는 자신도 모르게 얼굴을 찡그렸다. 말고삐를 더 꽉 쥐고 잘 달리고 있는 말의 옆구리를 반복해서 걷어찼다. 말은 제풀에 놀라 더 거칠게 앞으로 달려 나갔다. 낯선 숲의 풍경들이 휙휙 지나갔다.

하지만 여전히 풀리지 않는 의문도 있었다. 붉은 머리칼, 푸른빛이 도는 눈동자는 누구에게 물려받은 것이며, 정말 동생이 있었는지? 나비 단장 사사키의 말을 어디까지 믿을 수 있을지는 알 수 없었지만, 전혀 근거 없는 말은 아닐 것이란 생각이 자꾸만 들었다.

설아는 머리를 젓고 다시 생각을 지웠다. 그런 다음 또 한참을 달렸다. 그러다가 또 어느 순간, 다시 질문 하나가 머릿속을 파고들었다.

'그럼, 나는 어디서 온 걸까?'

그러자마자 사사키의 말이 또 뒤따랐다. '네 엄마가 노서아로 간 이유가 무엇인지 아느냐?'라는 말. 아, 갑자기 노서아라니? 사사키 말대로 내 진짜 이름이 안나이고, 동생 역시 샤샤라면? 그렇다면 노서아와는 무슨 관련이 있는 것일까.

온갖 생각들이 말을 달리는 동안 겹치고 겹쳐져서 또 다른 의문을 만들었다. 그래도 설아는 멈추지 않았다. 달리고 또 달렸다.

얼마나 오래 달렸던 것일까. 한 번도 멈추지 않아서였는지 말이 지친 듯 속도가 꽤나 줄어 있었다. 바로 그즈음, 먼 곳 어디선가 총소리가 들렸다. 처음엔 한두 발인 듯했는데, 잠시 후에는 연이어 들렸다. 무슨 일일까 싶어서 사방을 돌아보았다. 어느새 말은 얕은 경사가 진, 넓디넓은 들판 옆을 지나고 있었다. 키 작은 관목과 억새, 그리고 온갖 색색의 꽃들이 무리 지어 피어 있었다. 율령 고원이 틀림없었다. 혹시나 해서 북쪽 왼편을 바라보니 멀리 바위산이 보였다. 언뜻 새를 닮은 바위였다. 윤길주의 말대로라면 매바위 산인 듯했다. 총소리도 그쪽에서 울리고 있었다.

틀림없이 독립군과 일본군의 교전이 시작되었을 거라는 생각이 들었다. 그러자 마음이 급해졌다. 그 때문에 설아는 자신도 모르게 총소리가 나는 방향으로 말을 몰았다.

"이랴, 이랴!"

총소리가 가까워졌다 싶을 즈음 말의 속도를 줄였다. 그리고 주위를 살피며 천천히 앞으로 나아갔다. 느릅나무 군락지가 끝나는 비탈길 아래에 계곡이 보였다. 짐작이 맞다면 철령리 협곡으로 이어지는 초입쯤인 듯했다. 설아는 천천히 계곡 쪽으로 내려가며 사방을 돌아보았다.

그때, 잠시 멎었던 총소리가 다시 들렸다. 계곡을 흐르는 얕은 물을 사이에 두고 오른쪽에는 일본군의 무리가, 왼쪽에는 짙은 잿빛 옷을 입은 사람들이 서로 격전을 벌이고 있었다. 잿빛 옷을 입은 쪽이 대한항일군이 아닐까 하는 생각이 들었다.

그런데 가만히 보니, 격전이라기보다는 예닐곱 명의 대한항일군들이 스무 명이 넘을 듯한 일본군에게 쫓기는 모양새였다. 일본군은 숫자를 앞세워 대한항일군 쪽을 몰아붙였고, 대한항일군 병사들은 주변 곳곳에 삐죽삐죽 솟은 바위 뒤에 숨어서 조금씩 뒤로 후퇴하고 있었다.

그런데 문제는 대한항일군 병사들의 뒤쪽은 까마득한 바위 절벽이라는 것이었다. 달아날 곳이 없다는 뜻이었다. 설아는 반사적으로 말을 몰아 계곡을 향해 달려 내려갔다. 어떻게 해야 할지는 달리면서 생각해도 될 일이었다. 무엇보다 대한항일군에게는 시간이 없어 보였다.

설아는 말을 달리며 총알을 장전하고 일본군 쪽을 겨누었다.

제일 먼저 막 총을 쏘며 앞으로 나서는 일본군을 조준했다.

탕!

총소리와 함께 숲에서 달려 나오던 일본군 병사가 허벅지를 맞고 앞으로 고꾸라졌다. 이어 설아는 뒤를 따르던 일본군 병사 두 명을 연이어 쏘았다. 그때부터 설아 쪽으로도 총알이 날아오기 시작했다. 귓가로, 달리는 말의 앞뒤로 총탄이 스쳐 지나갔다. 하지만 비탈길에 자란 키 높은 억새 덕분에 일본군은 설아를 정조준하지 못하는 것 같았다.

설아는 말을 멈추지 않고 총 쏘기도 멈추지 않았다. 또 한 명, 그리고 또 한 명의 일본군 병사가 설아의 총에 쓰러졌다. 그에 용기를 얻었는지 대한항일군이 도망치기를 멈추고 일본군을 향해 적극적으로 대응하기 시작했다.

어느새 말은 계곡 아래까지 내려왔다. 그래도 설아는 멈추지 않고 계곡물을 따라 달렸다. 그 덕분에 일본군의 움직임이 더 잘 보였다. 하지만 설아 역시 놈들에게 완전히 노출되고 말았다. 설아는 개의치 않았다. 왜냐하면 여기까지 어떻게 왔는지는 아직 알 수 없으나, 지금부터 무엇을 해야 하는지는 알 것 같았으므로. 설아는 허리를 최대한 낮추고 계속 달리며 총 쏘기를 멈추지 않았다.

설아는 또 한 발, 또 한 발을 쏘며 달렸다. 그때마다 일본군이 하나씩 쓰러졌다. 그러나 이편으로 날아오는 총알도 빗발쳤다.

그리고 그중 한 발이 설아의 어깨를 스쳤다.

"허억!"

설아는 불에 타는 듯한 통증을 느꼈고 순간, 말에서 떨어지고 말았다. 설아는 물 위로 처박혔다. 그래도 총은 놓지 않았다. 얼른 흐르는 물 한쪽에 솟아오른 바위 뒤편으로 숨었다. 그리고 숲에서 나오는 일본군 병사들을 다시 조준했다. 하지만 총알이 나가지 않았다. 총이 물에 흠뻑 젖어서인 듯했다. 안 되겠다, 싶어서 권총을 꺼냈다. 그리고 쏘았다.

탕, 탕탕!

하지만 그마저 총알이 떨어지고 말았다. 분했다. 설아는 자기 손으로 일본군을 한 명이라도 더 쓰러뜨릴 수 없는 것이 억울했다.

그런데 그즈음, 총소리가 더 요란하게 들렸다. 계곡 위쪽에서 나는 소리였다. 얼핏 고개를 들어 쳐다보니 잿빛 옷을 입은 병사들 무리가 일제히 일본군을 향해 총을 쏘며 내려오고 있었다.

아!

설아는 안도의 숨을 내쉬었다. 비로소 설아는 바위 뒤에 털썩 주저앉아 쓰라린 왼쪽 어깨를 매만졌다. 팔 전체가 피로 붉게 물들어 있었다.

곧 일본군은 물러가기 시작했다.

에필로그: 마지막 임무

사위는 캄캄했다. 달도 뜨지 않았고, 희미한 별빛 하나 보이지 않았다. 발아래조차 구분하기 힘든 어둠이었다. 그러나 저편, 733부대의 담장 너머에 있는 건물 곳곳은 불빛이 반짝거렸다. 그 광경을 바라보면서 설아는 주먹을 꽉 쥐었다.

'이제 시작이야!'

대부분이 기억났다. 저 부대 안에서 잠을 자고, 새벽 다섯 시에 일어나 연병장을 뛰었다. 감자 네 알로 아침을 대신한 다음 총을 쏘고, 둘씩 격투 훈련을 했다. 점심을 먹고 나면 부대 뒤편의 산으로 이동해 저녁때까지 오르내렸다. 그리고 돌아와 밥과 국밖에 없는 저녁을 먹고, 자정까지 암호 해독술과 조선어와 일어와 중국어를 배웠다. 그러는 동안 무수히 맞았고, 그걸 참지 못해 탈출하다가 죽음을 맞은 아이도 있었다. 아니, 어쩌면 지금도 그럴 것이다. W1125나 혹은 M0902와 같은 아이들이 또 있으리라. 원주댁의 아이 수호도 있을 것이고, 한없이 낯익어서 서로 총을 쏘지 못하고 물러나야 했던 골목길 소년도 조나단으로 키워졌을 테다.

그 생각이 되살아나자 설아는 다시 주먹이 쥐어졌다. 자신도 모르게 총을 쏘고 말을 타고 온갖 말을 알아들을 수 있었던 이유도 새삼 이해가 됐다.

설아는 옷을 단단히 여미고 총도 다시 매만졌다. 상처 난 어깨에 아직 통증이 남아 있었지만 크게 신경 쓸 정도는 아니었다. 보름 동안, 대한항일군의 병사들이 정성스럽게 치료를 해 준 덕분이었다.

설아는 733부대의 담장 쪽을 향해 천천히 걸음을 옮겼다. 물론 두려움이 없지 않았다. 하지만 살아 돌아갈 자신이 있었다. 아니, 어떻게든 살아 돌아가야 했다. 그러기로 백두 대장과 약속했고, 홍윤도 장군도 '백두 대장도 대한항일군에 합류하기로 했으니, 너도 꼭 우리와 함께 했으면 한다.'며 돌아와야 한다고 신신당부했다. 물론 그럴 것이다, 라고 설아는 다짐했다.

설아는 그들의 말만으로도 기뻤다. 이제야말로 자신이 무엇을 해야 하는지 알았고, 쓰임새가 있는 사람이란 것을 인정해 주는 것 같아서였다. 아니, 그러기 위해 애썼다. 일본군이 만든 괴물일지라도, 아니 그래서 더더욱 자신의 총구가 겨누어야 할 방향만큼은 분명히 깨달았으므로.

그래서 설아는 아픈 어깨를 동여매고 홍윤도 장군이 이끄는 부대에 섞여 일본군 만주토벌대와 싸웠다. 뒤늦게 만주토벌대의 음모를 눈치챈 홍윤도 장군은, 작전을 바꾸어 만주토벌대를 철령리 협곡으로 유인했고, 종일 전투가 벌어졌다. 그때, 설아는 협곡의 상류에 매복해 다른 저격수들과 함께 원거리에서 일본군 지휘관을 저격하는 임무를 맡았다.

전투는 독립군의 승리로 끝이 났다. 일본군은 천 명이 넘는 병사를 동원해 독립군을 공격했지만, 협곡에 갇혀 수백 명의 사상자를 남기고 퇴각했다. 독립군의 피해는 아주 미미했다.

아쉬움이 없지는 않았다. 백두 대장과 몇몇 산막 사람들과는 다시 만났지만, 이미 여럿이 목숨을 잃었고, 두현의 소식도 알 길이 없었다. 강한 사람이니 곧 돌아올 것이라고 백두 대장이 말했지만, 설아는 자신의 탓인 듯싶어서 한없이 미안하기만 했다. 그래도 설아는 그가 돌아올 것임을 믿기로 했다.

설아는 조금 더 빨리 걸었다. 그리고 733부대의 담장 앞에 이르러 가장 어두운 곳을 찾아 몸을 숨겼다. 일정한 간격으로 우뚝 솟은 경비초소를 바라보고 시간이 지나길 기다렸다. 설아의 조바심과는 반대로 시간은 더디게 흘렀다.

꽤 시간이 지난 뒤에 초소의 경비병들이 사라졌다. 교대할 시간이었다. 설아는 재빨리 담장으로 올랐다. 그리고 부대 안으로 훅 뛰어내렸다. 그러자마자 총을 들어 장전했다.

앞으로 걸었다. 낯설지 않았다.

조나단 훈련소 17동.

이제 이름도 선명히 기억났다. 사격장과 격투실, 한겨울에도 찬물밖에 나오지 않는 공동목욕탕과 여름엔 덥고, 겨울에는 추운 단체 숙소……. 나비 단장 사사키의 집무실 위치도 생각났다.

그랬다. 설아는 사사키를 먼저 찾아갈 생각이었다. 그리고 그에게 말할 것이다. '내가 처음으로 누군가의 심장을 겨눈다면, 그건 사사키 당신이고, 두 번째는 우리 땅에 함부로 발을 들인 일본군 너희들일 것이다. 이제부터는 어깨와 허벅지가 아니라 심장을 쏠 것이다. 너희가 내게 준 총으로 너희들을 하나라도 더 쓰러뜨릴 것이다. 나는 괴물도 조나단도 아니다. 다만 너희에게는 가장 혹독한 저승사자가 될 것이다.'

설아는 어금니를 물고 조심스레 걸음을 옮겼다. 동생의 존재와 자신의 어머니 아버지가 누구였는지도 분명히 알고 돌아갈 것이라고 다짐하면서.

설아는 소음기를 장착한 소총을 건물 경비병을 향해 조준했다. 그리고 잠시 숨을 멈추었다. 하나, 둘, 셋. 설아는 방아쇠를 당겼다.

작가의 말

어쩌면 이 이야기는 판타지입니다.

자신의 키만 한 총을 들고 산과 들을 뛰어다니는 저격수가 과연 존재했을까, 라고 물을 테니까요. 게다가 일제 강점기를 시대 배경으로 하는, 불과 열여섯 살짜리 여자아이가 주인공이라면 '지어낸 이야기'라고 여길 것입니다.

하지만 그만한 현실이 없었다면 판타지도 만들어 낼 수 없습니다.

일본군이 우리 할아버지와 아버지를 납치해 실험 대상으로 삼은 것도 사실이고, 그들과 맞서 싸운 것도 엄연한 역사의 한 부분이지요. 그중에는 채 어른이 되기도 전에, 꿈을 꾸거나 미래를 떠올려 볼 틈도 없이 '악마'와 싸운 청소년이 있었던 것도 부인할 수 없습니다. 물론 그저 희생양이 된 이들이 더 많을 테지만요. 『소녀 저격수』는 이런 틈바구니에서 만들어진 희망의 씨앗일 뿐입니다.

지금 우리에게 과거는 기억에 있을 뿐이고, 알 수 없는 미래만 남았습니다. 그리고 미래는 과거를 닮아 가려는 속성이 있다고 합니다. '지난 이야기'를 쓰려는 이유의 대부분은 그 '기억'을 다지려는 것이고, 다가오지 않은 미래가 자꾸만 지난 역사를 닮아 가지 않도록 하기 위함입니다. 비록 이 한 편의 이야기가 그 모든 것을 다 해낼 수는 없겠지만, 조금이라도 몸부림치고 싶었달까요.

어쩌면 이 이야기는 판타지가 아닐 수도 있습니다.

똑같은 과거로 돌아가거나 흡사한 일이 미래에 일어난다면, 비록 우리는 저격수가 될 수 없을지라도 그런 마음이어야 하니까요. 그래서 소설을 쓰기로 마음먹었습니다. 글을 쓰는 내내 소녀가 지치지 않기를 바랐습니다. 그리고 한편으로는 용기를 내 주어서 고맙다고 말했습니다. 함께 말을 타고 달리며 힘내라고 외쳤습니다. 그것은 곧 우리 자신에게 하는 말이기도 하니까요.

기억을 잃은 한 소녀가 꿋꿋하게 성장하는 모습을 담은 이야기이지만, 어쩌면 지금 우리의 모습이기도 합니다. 모두가 적어도 지치지 않기를 기원합니다.

한정영

소녀 저격수

1판 1쇄 펴낸날 2024년 8월 10일
1판 4쇄 펴낸날 2025년 6월 10일

지은이 한정영
펴낸이 김민지

편집 최성휘, 박다예
마케팅 백민열, 김하연

펴낸곳 미래M&B
등록 1993년 1월 8일(제10-772호)
주소 04030 서울시 마포구 동교로 134 미진빌딩 2층
전화 02-562-1800(대표)
팩스 02-562-1885(대표)
전자우편 mirae@miraemnb.com
홈페이지 www.miraeinbooks.com
블로그 blog.naver.com/miraeibooks
인스타그램 @mirae_inbooks

ISBN 978-89-8394-986-8 (43810)

*잘못 만들어진 책은 구입처에서 바꾸어 드립니다.
*미래인은 미래M&B가 만든 청소년, 성인을 위한 브랜드입니다.